Questo
appart

ROBERTA BRANDONI

TEL. 071/781792

incolla qui
la tua foto

Ciao, io sono Valentina!

Benvenuti nel mondo di Valentina!

Ciao, io sono Valentina! Ho undici anni e frequento la prima media. Molti di voi mi conoscono già... ma quello che ancora non sapete, lo scoprirete in questi libri che narrano le mie avventure. Vi racconterò la mia vita di tutti i giorni e vi farò conoscere la mia famiglia, la mia classe, i miei amici e i

Valentina

Mamma

Papà

miei professori. Le mie avventure spesso sono curiose e sorprendenti. Ma a me una vita monotona e sempre uguale non è mai piaciuta. E credo che non piaccia neanche a voi, no? Se è così, siamo in buona compagnia. Buona lettura, amici e amiche!

Luca

Tazio

Alice

Ottilia

Maestro

I Edizione 2002

© 2002 - EDIZIONI PIEMME Spa
15033 Casale Monferrato (AL) - Via del Carmine, 5
Tel. 0142/3361 - Telefax 0142/74223
www.edizpiemme.it

> È assolutamente vietata la riproduzione totale o parziale di questo libro, così come l'inserimento in circuiti informatici, la trasmissione sotto qualsiasi forma e con qualunque mezzo elettronico, meccanico, attraverso fotocopie, registrazione o altri metodi, senza il permesso scritto dei titolari del copyright.

Stampa: G. Canale & C. SpA - Borgaro Torinese (TO)

Angelo Petrosino

La famiglia di Valentina

Illustrazioni di Sara Not

PIEMME
Junior

*A Felicita,
che ama i gatti,
le mie storie e i miei libri*

È TORNATA LA NEVE

Dieci gennaio. È tornata la neve. Ed è tanta. Al punto che oggi e domani non si va a scuola.

La città è paralizzata e il sindaco ha invitato la gente a non uscire di casa. Meno male che il frigo è pieno!

– Ma al pane fresco non possiamo rinunciare – ha detto mio padre. – Che cosa pensa di fare la panettiera?

– Dice che ha farina per almeno tre giorni e che fino a giovedì il pane è assicurato – gli ha risposto mia madre.

– Speriamo che smetta presto di nevicare. Non s'era mai vista una cosa del genere.

Ma la neve continua a cadere e mio fratello passa il tempo a guardare la strada con il naso incollato al vetro della finestra. Sembra proprio che non abbia mai visto una nevicata in tutta la sua vita!

– E se arriva al primo piano? – mi ha domandato oggi un po' preoccupato.
– Verranno a salvarci con un elicottero – gli ho risposto.

Ieri sera ho telefonato a Tazio.
– Pronto?
– Ciao, Vi. Stavo per chiamarti io. Volevo dirti che ho trovato su Internet un bel sito, con un sacco di informazioni interessanti per le ricerche di scuola. Quando vuoi ti posso dare l'indirizzo esatto.
– Grazie mille! Sei solo in casa?
– No, di là ci sono i miei.
– C'è anche tuo padre?
– Sì. Oggi è rimasto a terra perché l'aeroporto è bloccato. Niente volo Torino-Francoforte. Ci voleva una nevicata come questa per tenerlo a casa! A volte preferirei che mio padre facesse l'idraulico invece che il *manager*! Ormai comunichiamo solo con telefonate e messaggini. Che dici, posso venire a trovarti domani pomeriggio?

– Se riesci a farti strada nella neve...

– Ho degli stivaloni che arrivano oltre le ginocchia!

– Bene, ti aspetto verso le cinque. Ti farò assaggiare la famosa crostata della famiglia Castelli. Adesso che cosa farai?

– Chiederò a mio padre di raccontarmi del viaggio a Varsavia. È l'ultimo posto dove è stato. E tu?

– Prima voglio telefonare a Ottilia per salutarla. Poi credo proprio che andrò a dormire.

– Allora buonanotte.

– E basta?

– No, ti mando anche questo...

E nel mio orecchio è risuonato uno schiocco inconfondibile.

– Te ne mando uno anch'io.

Lo schiocco del mio bacio è stato abbastanza sonoro da far dire a mio fratello:
– Perché hai schioccato le labbra?

– Ti sei sbagliato. Era solamente il rumore della finestra della sala che si chiudeva.

CHI È PIÙ GELOSO?

Mio fratello sta diventando un po' troppo invadente. Mi segue in continuazione, mi osserva di nascosto, mi fa domande-trabocchetto, mi incolpa di cose che non ho fatto. Non so proprio perché.

– Si può sapere che cosa ti prende? – gli ho chiesto l'altro giorno. – Mi stai sempre addosso e ti inventi strane storie. Per esempio, perché hai detto alla mamma che non ho più voglia di aiutarla a lavare i piatti?

– Perché durante le vacanze di Natale ne hai rotti due. Ti ho visto.

– Ero semplicemente sovrappensiero e mi sono scivolati dalle mani.

– Non è vero! Li hai fatti cadere perché non vuoi più lavarli.

– Non dire sciocchezze. Tu, piuttosto, dovresti fare qualcosa di più in casa.

– Lo sai che sono ancora troppo piccolo.

– A sette anni puoi apparecchiare la tavola, spolverare i mobili e perfino imparare a rifarti il letto!

– I miei amici dicono che i maschi non devono fare i lavori di casa...

– I tuoi amici devono essere dei bei furbacchioni. Non hai visto che anche papà a volte stende la biancheria?

– Ma i miei amici...

– Lo vuoi un consiglio? Cercatene degli altri. Ho l'impressione che quelli che hai non sappiano nemmeno infilarsi i calzini.

Stamattina ho deciso di fare ordine nella mia camera. Nei cassetti del mio tavolo e sulle mensole della libreria finiscono talmente tante cose che alla fine non mi raccapezzo più.

Io sono una che non butta via quasi niente. È per questo che a volte, rovistando e sistemando, mi imbatto in oggetti che non sapevo neanche più di avere.

Come è accaduto oggi, per l'appunto.

Ho tirato fuori i cassetti della scrivania e ne ho rovesciato il contenuto sul letto. Quante cose contenevano! Cartucce di inchiostro, pennarelli, fermagli, adesivi, figurine, biglie, lettere, ciondoli, giornalini e... un quaderno.

Un quadernino, per la precisione.

Quando l'ho preso in mano, sono rimasta di stucco.

– Non è possibile... – ho mormorato.

Era il mio primo quaderno. Me l'ero fatto comprare da mia madre alcune settimane prima dell'inizio della scuola elementare.

«Voglio cominciare a scrivere» le avevo detto un giorno.

«Non ti bastano i fogli?»

«No, voglio un quaderno vero.»

Avevo imparato a leggere già a cinque anni. Era stata una bella soddisfazione!

Subito dopo mi era venuta anche la mania di scrivere. Scrivevo pensierini, storie di giocattoli e di animali, ma anche un sacco di lettere a mio padre e a mia madre.

E così, stamattina, quando ho aperto il quaderno a caso, ho posato gli occhi proprio su una lettera che avevo scritto a mia madre:

Cara mamma, lo sai che mi piaci molto quando ridi? Scometo che piaci anche a papà.

Scometo.
Mi ci sono volute tutta la prima elementare e gran parte della seconda per imparare a mettere le doppie al posto giusto!

Mentre guardavo, sfogliavo e rileggevo le pagine del quaderno, mia madre mi è arrivata silenziosamente alle spalle: – Persa nei ricordi, Valentina?

– Lo riconosci? – le ho chiesto mostrandole il quaderno.

– Altroché. Ricordo che quando lo hai finito insistevi per regalarmelo. Ma io non ho voluto.

– Perché?

– Mi sarebbe piaciuto averlo. Ma alla fine

ho rinunciato all'idea e ti ho detto: «Tienilo tu. Un giorno ti farà piacere ritrovarlo».

– L'ho ritrovato oggi.

Ho abbracciato mia madre e le ho detto:
– Non crederai mica a tutte le bugie che ti dice Luca...

– Luca è un po' geloso. Crede che io voglia più bene a te che a lui.

– Ed è così?

– Valentina, siete miei figli tutti e due. E poi Luca è ultracoccolato da tuo padre.

– Di' piuttosto che lo vizia.

– Un po', forse. Che cosa fai? Sei gelosa anche tu, adesso?

UNA DISTESA BIANCA

Dopo mezzogiorno mio padre ha telefonato a casa dei nonni.

– Come ve la passate con questo freddo?

La risposta è stata lunga, e alla fine lui ha detto: – Allora bisogna proprio che faccia un salto da voi.

Quando ha riattaccato, mia madre gli ha domandato: – Che cosa succede?

– La stufa a legna fa i capricci, e loro cominciano ad avere freddo.

– Non c'è nessun vicino che possa aiutarli?

– Lo sai che vivono praticamente isolati. Forse dovrebbero decidersi a venire ad abitare in città. Ma mio padre non lo farà mai, e mia madre di certo non lo lascerà solo.

Spero che i nonni non abbandonino mai la loro casa in campagna. È grande, vecchia, accogliente... insomma, è una casa nella quale, tra la cantina e la soffitta, ti aspetta sempre una sorpresa.

Nella soffitta, in particolare, devo assolutamente mettere il naso, e voglio perlustrarla con calma. È da un bel po' di tempo che mi propongo di farlo.

– Ma le strade sono impraticabili... – ha obiettato mia madre, preoccupata.

– Lo so, ma non posso farne a meno – le ha risposto mio padre. – Conto di essere di ritorno per l'ora di cena.

– Vengo con te, papà – gli ho detto.

– È meglio che resti a casa, Valentina. Potrebbe essere pericoloso.

– Dai, lasciami venire. Così chiacchieriamo un po'.

Anche mia madre ha tentato di dissuadermi, ma io ho tanto insistito che alla fine ha acconsentito: – Copriti bene, però.

Appena l'auto di mio padre ha messo il muso fuori dal garage, si è coperta di neve. I fiocchi venivano giù a grosse falde e le spazzole del tergicristalli non facevano in tempo a ripulire il vetro. Mio padre ha scosso la testa: – Valentina, torna su.

– No, io vengo con te.

Sono entrata in macchina, mi sono tolta il berretto di lana, ho allacciato la cintura di sicurezza e ho detto: – Su, dai, partiamo.

Mio padre è rientrato nel garage, ha tastato le ruote, ha controllato che la gomma di scorta fosse in buone condizioni, ha verificato il livello dell'olio, ha dato un'occhiata all'indicatore della benzina e, alla fine, ha detto: – E va bene, andrò pianissimo.

Sull'autostrada erano in funzione gli spazzaneve e si viaggiava abbastanza bene. Ma quando ci superavano i camion, sul parabrezza si rovesciavano secchiate di neve e di fango e non si vedeva più nulla.

– Attento, papà! – ho gridato quando uno di quei bestioni ha frenato di colpo e abbiamo rischiato di finirgli addosso. Mio padre ha inchiodato a sua volta, e io ho sentito che l'auto gracchiava come se le ruote stessero macinando ghiaia.

– Che cos'è questo rumore? – ho chiesto.

– È l'ABS. Con questo sistema, l'auto frena ma non slitta e non sbanda.

– Beh, allora sono più tranquilla.

Usciti dall'autostrada, abbiamo imboccato la statale. Gli spazzaneve erano scarsi e si procedeva a passo d'uomo. Quando poi ci siamo immessi sulla stradina che conduceva alla casa dei nonni, sono rimasta a bocca aperta: la neve arrivava quasi all'altezza del cofano e capivo che eravamo sulla strada solo perché ai lati c'erano due file di alberi che la delimitavano.

Avevamo almeno cinque chilometri da percorrere e non ero sicura che la nostra auto ce l'avrebbe fatta.

– Incredibile! Pazzesco! – borbottava mio padre. – Bisogna che ci teniamo al centro della strada: a destra e a sinistra ci sono dei fossati e se ci finiamo dentro ci vorrà il carro attrezzi per recuperare l'auto.

La neve cadeva fitta fitta e non si vedeva a una cinquantina di metri di distanza. Intorno a noi tutto era bianco, anche i tronchi degli alberi.

Ho pensato a casa mia e ho desiderato trovarmi nella mia camera. Ma ho anche pensato che ero contenta di stare con papà. Chissà come si sarebbe sentito, tutto solo in mezzo a quella distesa candida.

Intorno a noi tutto era bianco...

LA NONNA
FA UNA PROPOSTA

Poi, di colpo, ci siamo trovati davanti alla casa dei nonni. Erano solo le tre e mezzo, ma in cucina la luce era già accesa.

Mio padre ha posteggiato l'auto nel cortile e mi ha detto: – Siamo arrivati. Spero solo che più tardi si possa ripartire.

– Ce l'avete fatta, nonostante la neve alta – ha esclamato la nonna aprendo la porta. E poi: – Come mai ci sei anche tu, Valentina?

– Mi piace la neve, nonna.

– Figuriamoci! Non si vede nulla là fuori. Forse stanotte vi conviene dormire qui.

Il nonno aveva un basco in testa e una sciarpa al collo. Ogni tanto tossiva e subito dopo domandava scusa.

– Sei raffreddato, nonno? – gli ho chiesto, mentre mio padre si occupava della stufa.

– No. Sono i miei polmoni: d'inverno hanno sempre da protestare. E dire che da

più di vent'anni ho smesso di affumicarli!
Non prendere mai una sigaretta in mano,
Valentina.

– Non ti preoccupare, non ne ho la minima intenzione!

– Brava. Come va a scuola?

– Siamo in vacanza. La città è bloccata.

– Mai vista una cosa del genere. Anzi, sì. Ci fu un anno, ricordo, proprio nel mese di gennaio, in cui ne venne giù altrettanta. Ma allora avevo vent'anni e spalavo la neve cantando. Oggi, invece...

– Oggi, invece, pensa a coprirti bene – gli ha detto la nonna. – Vieni con me, Valentina. Ti preparo una tazza di cioccolata calda. E meno male che è venuto tuo padre a riparare la stufa: cominciavo a temere che tuo nonno si prendesse una bella bronchite. Che mi dici di te?

– Che cosa vuoi che ti racconti, nonna?

– Mah, la vita dei ragazzi è più interessante di quella degli anziani, no? Ti piace vivere in città, in mezzo alla confusione?

– Sì. C'è casa nostra, la mia scuola, ci sono i miei amici, i parchi, i cinema, le librerie, le biblioteche...

– Non fa per me. Io sto bene in campagna. Se non fosse per questa nevicata che ci ha isolati... ma dovrebbe smettere, ormai.

– Le previsioni dicono che durerà ancora per un giorno e mezzo.

– Allora le provviste basteranno. Stavo pensando...

– Che cosa, nonna?

– Perché non vieni a passare un fine settimana da noi? O hai paura di annoiarti troppo?

– No, no. Accetto volentieri il tuo invito. Anche perché ho un progetto.

– E riguarda me e tuo nonno?

– Riguarda la vostra soffitta. Un fine settimana dovrebbe bastare per perlustrarla da cima a fondo. Posso?

– È a tua disposizione. Ci saranno tante cose vecchie e dimenticate, ma di sicuro non ci sono topi. Tieni, bevi.

Ho preso la grande tazza di cioccolata calda che mi porgeva e ho cominciato a bere.

– Buona? – mi ha chiesto la nonna.

– Buonissima. È densa come piace a me. E tu, non la bevi?

– Per me ci vuole latte caldo e miele.

In quel momento è entrato in cucina mio padre. Aveva la faccia coperta di fuliggine e le mani nere... sembrava che avesse spalato del carbone!

– Vado a darmi una lavata – ha detto.

– È tutto a posto? – gli ha domandato la nonna.

– Sì, la stufa adesso tira bene: potrete stare di nuovo al caldo. Ho preso anche un po' di legna dalla legnaia, così non avrete bisogno di uscire. Prepari anche a me una tazza di cioccolata calda? Però ci conviene ripartire prima che faccia buio.

– Non sarebbe meglio se rimaneste da noi, stanotte?

– È probabile che domani torni a lavorare. Perciò è meglio che mi faccia trovare in città.

UNA BRUTTA ESPERIENZA

Il nonno ci ha raggiunti in cucina. Abbiamo parlato per un po', poi mio padre mi ha chiesto: – Ti va di telefonare alla mamma per dirle che stiamo per tornare? Dille, però, che ci vorranno almeno due ore.

Mia madre ci ha raccomandato di essere prudenti. – Spero che non abbiate guai con la macchina. Avete il cellulare con voi?

Mio padre ha controllato: – No, purtroppo l'ho dimenticato nell'altra giacca.

Prima di partire, la nonna mi ha dato un sacchetto di biscotti. I suoi dolci sono una vera delizia: li porto anche a scuola e li divoro a merenda, insieme a Tazio e Ottilia.

La macchina si è messa subito in moto, per fortuna, e mio padre ha cercato di tenerla al centro della strada come all'andata. I fiocchi di neve avevano ripreso a venir giù fitti fitti e lui ha esclamato: – Insomma, basta! Non se ne può più! –. Ha sporto il collo e si è sforzato di guardare oltre quella barriera bianca. Era quasi buio e io non vedevo l'ora di arrivare sull'autostrada per sentirmi più al sicuro. Ma prima del casello c'era ancora un lungo pezzo di statale da percorrere.

Ed è stato proprio quando siamo arrivati all'incrocio tra la stradina di campagna e la statale che l'auto ha fatto un mezzo giro su se stessa ed è finita contro il tronco di un albero. L'impatto non è stato violentissimo, ma è bastato perché la testa di mio padre affondasse in un cuscino sbucato all'improvviso dal centro del volante.

Io ho gridato. Mio padre si è passato una mano sugli occhi e ha balbettato: – Sto bene...Valentina... sto bene... e tu?

La cintura di sicurezza si era tesa e mi aveva bloccata contro lo schienale del mio sedile.

– A me... a me non è successo nulla. Papà... ma che cos'è quella cosa?

– È l'airbag. Speravo di non vederlo mai in azione. Che botta!

– Adesso che cosa facciamo?

– Più avanti c'è una stazione di servizio: vediamo se riesco a portarci la macchina.

L'auto ha arrancato come se soffrisse, ma mio padre è riuscito a farla arrivare fino al gabbiotto di vetro dove se ne stava riparato il benzinaio e ha telefonato al soccorso stradale.

Credevo che, con quel tempo, non sarebbe venuto nessuno. Invece, mezz'ora dopo, è arrivato il carro attrezzi.

Mentre aspettavamo che il guidatore agganciasse la nostra auto per trainarla, ho abbracciato mio padre. Ero ancora molto spaventata.

– Ti fa male la testa? – gli ho domandato.

– No. E tu, hai male da qualche parte?

– Solo un po', qui dietro il collo.

– Devo essere finito su una lastra di ghiaccio. Cerchiamo di non spaventare troppo tua madre quando arriviamo a casa.

Lei, invece, quando le abbiamo raccontato quello che ci era successo, ha balbettato: – Non ci posso credere... io vi ho visti mentre sbandavate!

– Mamma, ma che cosa stai dicendo?

– Dopo aver ricevuto la vostra telefonata mi sono appisolata nella poltrona, e in sogno ho visto i vostri occhi spaventati. Ho visto gli occhi e ho sentito un grido. Quando mi sono svegliata, avevo il cuore in gola. Vi ho visti, vi dico, vi ho visti!

– Adesso calmati – le ha detto mio padre.
– Ci è andata bene, e non parliamone più.

Quando sono andata a dormire, è venuta a sedersi accanto al mio letto, mi ha preso una mano tra le sue e mi ha sussurrato: – Mi sono sentita morire, Valentina.

Io l'ho abbracciata e l'ho tenuta stretta.

Mio fratello ha atteso che mia madre andasse via e poi mi ha chiesto: – Com'è avere un incidente d'auto?

– Brutto.

– È vero che è scoppiato il palloncino?

– Non è un palloncino... comunque sì, è scoppiato.

– Avrei voluto esserci anch'io, per poterlo raccontare ai miei amici!

BRRR, CHE FREDDO! CHE COSA FARAI DA GRANDE?

Stamattina, al mio risveglio, ho cominciato a tremare. Luca era sepolto sotto una montagna di coperte, sprofondato nel sonno. Mia madre si è affacciata alla porta della stanza. Sulla vestaglia indossava un cappotto e mi ha detto: – C'è qualcosa che non va nei termosifoni. Sono ghiacciati.

Alle otto, tutti battevamo i denti.

– Telefono all'amministratore – ha detto mio padre. E quando ha riattaccato, ha sospirato: – Si è rotta la caldaia. È probabile che rimarremo al freddo fino a stasera.

Luca si è calcato in testa un berretto di lana, si è infilato un paio di guanti e ha borbottato: – Vabbè, io me ne torno a letto.

Ho messo due maglioni, mi sono rannicchiata in poltrona e a un certo punto ho chiesto a mio padre: – Non abbiamo una stufa elettrica in cantina?

– È vero, me n'ero scordato. Vado subito a prenderla.

È tornato su in casa con una stufa minuscola, l'ha collocata in cucina e l'ha messa in funzione.

A mezzogiorno ho telefonato a Ottilia. Le ho raccontato dell'incidente e ho concluso dicendole: – Stiamo per diventare dei ghiaccioli.

– Vuoi venire da noi?

– Magari!

Ottilia non abita lontano da casa mia: mi sono coperta bene e sono uscita.

A casa sua mi sono ripresa. Mi ha trascinata nella sua camera e si è fatta raccontare dell'incidente che avevamo avuto.

– Che roba! – ha esclamato. – Pensa se ti fossi rotta gamba!

– E se mi fossi rotta un braccio?

– E se la macchina avesse preso fuoco?

– E se fossi rimasta incastrata nell'auto?

– Stop! Vuoi restare a pranzo da noi?

– Se tua madre è d'accordo...

Prima di pranzo, Ottilia mi ha detto: – Valentina, non mi piace sentirmi più vecchia di te. Com'è che io sono già sviluppata e tu ancora no? Forse dovresti farti vedere da un medico.

– Non dire sciocchezze. Mia madre dice che ogni ragazza ha i suoi tempi... e poi preferirei andare da una dottoressa. Il nostro medico è in gamba, ma per certe cose è meglio una donna, non ti pare?

– Valentina, sto pensando che da grande potrei fare il medico. Così potrai venire a farti curare da me.

– E mi farai pagare?

– Beh... potrei farti uno sconto...

– Spilorcia! Credevo che fossi mia amica!

– E va bene! Ti visiterò senza farti pagare. Tu, però, se decidi di fare la professoressa, devi dare lezioni gratis ai miei figli.

– Io non ti ho mai detto che farò la professoressa.

– E che cosa pensi di fare?

– La giornalista, la scrittrice, la giramondo... come Stefi, l'amica di mia madre.

L'AVVENTURA DI UN PASSERO

Stefi... chissà dove si trova in questo momento. Magari è in un'oasi in mezzo al deserto. O forse è al Polo Nord e sta dormendo dentro un igloo. O forse... mah, ce ne sono di posti nel mondo dove uno se ne può andare!

Lei viaggia perché è curiosa e perché non riesce a stare ferma per più di un mese nello stesso posto: si annoia troppo.

Ma lasciamo stare Stefi, per ora. I termosifoni hanno ripreso a funzionare e in casa si sta di nuovo bene.

– Meno male! – ha sospirato mia madre, che in questi giorni è più pallida del solito.

– Hai bisogno di sole, mamma – le ho detto mentre l'aiutavo a sparecchiare. – Non ti ho mai vista così pallida.

– Il sole non c'entra, Valentina. È che ho un doloraccio a un fianco che certe volte mi toglie il respiro. Bisogna che vada a farmi vedere dal dottor Lotti.

Dopo pranzo ho aperto la finestra e ho sparso un po' di briciole di pane sul davanzale. Con questo freddo i passeri si lasciano tentare e vengono a mangiare direttamente dalla mia mano. Credo di averne addomesticati un paio: sono sempre gli stessi, ne sono sicura. Appena poso le briciole sul davanzale della finestra arrivano di corsa, frullano le ali, muovono la testa e cominciano a mangiare. Chissà se sono marito e moglie ··re fratello e sorella...

Io mi faccio un po' indietro e li osservo mentre mangiano. Non so come facciano a resistere al freddo! Mi piacerebbe farli entrare in casa a riscaldarsi un po'.

Ma non è una buona idea, visto quello che è successo oggi. Al contrario delle altre volte, ho lasciato la finestra aperta per dare aria alla mia camera. Non l'avessi mai fatto! Uno dei passeri è saltato, o è caduto, sul pavimento e Alice, non appena lo ha visto, è balzata fuori dalla cesta e si è messa a rincorrerlo. Il passero saltava di qua e di là, sbatteva contro il lampadario e la libreria, si rifugiava sull'armadio, si aggrappava alla tenda...

– Alice, lascialo in pace! – gridavo.

Ma ad Alice non sembrava vero di poter dare la caccia a un uccellino in carne e ossa! Allora ho aperto le tende, ho spalancato la finestra e anch'io mi sono messa a rincorrerlo, cercando di metterlo sulla strada giusta e di farlo tornare all'aria aperta. Il passero, però, era come accecato dal terrore. Ero certa che da un momento all'altro sarebbe

– Alice, lascialo in pace!

piombato a terra e che Alice lo avrebbe preso. Ma per fortuna, alla fine, è uscito dalla finestra e si è perso nell'aria.

Mi sono buttata sul letto e ho chiuso gli occhi. Quando li ho riaperti, Alice era nella sua cesta, un vasetto di basilico era finito per terra, un libro penzolava da uno scaffale della libreria e la tenda era smagliata in più punti.

– Arrivederci, passerotto – ho detto. E poi, rivolta ad Alice: – Non ti credevo così feroce. Lo sai che non ti riconoscevo più?

Lei aveva gli occhi chiusi, si era arrotolata in una delle mie magliette smesse e doveva essersi messa a sognare un'altra avventura.

– Mamma, come si fa a rammendare la stoffa di una tenda? – ho gridato.

Mia madre è entrata nella mia camera, si è guardata intorno e mi ha chiesto: – Che cos'è successo? Sembra che sia passato un uragano!

– Era solamente un piccolo passero. Ma per Alice è bastato. Se l'avessi vista...

– Ogni animale ha la sua natura, Valentina. E quando se ne presenta l'occasione, segue il suo istinto. Non arrabbiarti con lei.

– Quando andrai dal medico? – le ho chiesto mentre esaminava la tenda.

– Tra un paio di giorni.

– Hai paura delle malattie, mamma?

– Come tutti.

– Anch'io.

– Sei ancora piccola. È presto per preoccuparsi.

– Anche i bambini si ammalano.

– Ma più raramente rispetto agli adulti. E tu non hai ancora undici anni.

– Li compio il prossimo due febbraio. Mancano meno di tre settimane.

– Vuoi festeggiare con i tuoi amici?

– Mi basterebbe invitare Ottilia, Tazio e un paio di compagni.

– D'accordo. Prepara gli inviti, io intanto comincio a pensare alla torta.

– Potresti comprarne una in pasticceria. Così non ti stanchi, per una volta.

– Sei carina a preoccuparti per me, Valentina.

– Sei la mia mamma, no? E vuoi sapere una cosa? Sei una madre coi fiocchi, e io ti voglio proprio bene.

Lei mi ha abbracciata, io l'ho stretta forte e nella mia testa ripetevo: «Non ammalarti, mamma. Non ammalarti mai».

UNDICI ANNI! LA PRIMAVERA È IN ARRIVO

Eh sì, tra meno di tre settimane compio undici anni. E mi sembra un grande passo avanti nella mia vita. È come se fino ai dieci anni ti sentissi ancora bambina. Poi, quando li superi, invece di guardare indietro ti viene da guardare avanti. Pensi a quando ne avrai dodici, tredici, e così via. Allora un po' ti senti eccitata, un po' ti senti impaurita.

Oggi, durante l'intervallo tra la lezione di matematica e quella di storia, ne ho parlato con Ottilia. Le ho chiesto: – Come ti sei sentita quando hai compiuto undici anni?

Il compleanno di Ottilia è in dicembre e lei è più grande di me di quasi due mesi.

– Non saprei – mi ha risposto. – Ero un po' contenta e un po' no.

– Vuoi dire che hai paura di crescere?

– Non ho molta voglia di diventare grande. E tu?

– Forse preferirei avere subito vent'anni.

– Così invecchieresti prima, non ti pare? E poi dovresti lavorare, guadagnare dei soldi... no, è meglio aspettare. Che cosa vuoi per il tuo compleanno?

– Se te lo dico, non sarebbe più una sorpresa. Scusami!

– Ma se poi ti compro qualcosa che non ti piace? Dai, spara un desiderio. Ma che non sia troppo costoso, però. Non ho molti soldi. Un diario? Un braccialetto? Un profumo? Vorrei comprartene uno che attirasse tutti i baci di Tazio. Ma credo che non ce ne sia bisogno. Non ho mai visto nessuno più innamorato di lui!

– Ottilia, non dire sciocchezze...

– Credi che non me ne accorga? Ti guarda con certi occhi... non pensi che siano un po' ridicoli i ragazzi, quando si innamorano? Però fa piacere vedere che tu per loro conti più di ogni altra, no? Il guaio è che non sai mai fino a quando durerà!

Voglio bene a Ottilia, perché è sempre così sincera per me.

– Il profumo va bene. Hai visto? Sta arrivando la primavera... – le ho detto.

– Aaaah, Valentina! Che bellezza: non se ne poteva proprio più dell'inverno!

Ottilia ha ragione. Fino a due giorni fa ci lamentavamo tutti per il freddo. Da ieri, invece, splende un sole tiepido. Se continua così, tra un paio di settimane fioriranno il pesco e il ciliegio che vedo quando passo davanti al piccolo orto che si trova vicino alla nostra scuola.

IRENE
LA FUGGIASCA

Al mio compleanno vorrei invitare anche Irene, la bambina orfana scappata dall'istituto che vive in casa di Benedetta, un'anziana signora.

Lei però teme di essere scoperta, e si muove nell'ombra.

Perciò la vedo solo ogni tanto: o ci diamo appuntamento vicino al mercato di Porta Palazzo, oppure, a volte, viene a casa mia. Ma soltanto quando sono sola.

– Mia madre ti vuole bene – le ho detto ieri pomeriggio.

– Come fa a volermi bene se mi conosce così poco?

– Io le parlo spesso di te.

– Se fossi in lei non mi fiderei troppo. Potrei anche essere una ladra.

– Una ladra? Ma che cosa stai dicendo? Io ti conosco bene!

– Scherzo. Io ho chiesto l'elemosina, ma non ho mai rubato nulla a nessuno. Sono gli altri che hanno rubato qualcosa a me.

– Non capisco, Irene.

– Non capisci, non capisci... io non ho mai avuto una famiglia come la tua. Tu sei un tipo a posto. Ma se vuoi saperlo, a volte provo una grande invidia. Hai due genitori che per te stravedono. Non potevo averli anch'io? Invece i miei se la sono svignata, e chi s'è visto s'è visto. Beh, non credere che adesso mi metta a piangere. Io ho smesso presto di piangere. Tanto, non serve a niente. Però sono arrabbiata. Ma poi penso anche che mi è andata bene. Se non avessi trovato Benedetta...

– Irene, una volta ti ho detto che sarebbe bello se i miei ti adottassero...

– Sciocchezze.

– Guarda che dico sul serio. Ne ho parlato con loro più di una volta. E mi hanno detto che sarebbero disposti a farlo. Ma solamente a patto di rispettare la legge.

– Questo vorrebbe dire che dovrei tornare all'istituto dal quale sono fuggita.

– Ma per uscirne una volta per sempre e venire ad abitare con noi.

– E chi me lo garantisce? Magari, perché sono scappata, mi mandano in una prigione per minorenni. E poi forse puniscono anche Benedetta, perché mi ha ospitata. No, ci sono troppe complicazioni.

– Almeno ogni tanto potresti passare un week-end con noi.

– Vi metterei nei guai.

– Noi non abbiamo paura di affrontare certe situazioni.

– Non c'è che dire, siete una famiglia davvero speciale.

– Ci vogliamo bene. Ma qualche volta anche noi perdiamo la pazienza. Io bisticcio con mio fratello, e mio padre fa il muso a mia madre. Però non ci nascondiamo nulla, e siamo contenti di stare insieme. Ci vieni al mio compleanno?

– No. Non credo di averne il coraggio.

– Perché?

– Perché non voglio dare spiegazioni ai tuoi amici. I ragazzi sono curiosi e fanno sempre tante domande.

– Ma tu non sei obbligata a rispondere.

– Ci penserò. Adesso ho sete. Hai sempre il tuo succo d'uva in frigo?

– Sì.

– E se ti chiedessi un panino con la cioccolata?

– Ho anche quello.

Irene ha abbassato gli occhi e ha guardato Alice.

– E tu, non hai paura di una vagabonda come me? – le ha chiesto. Alice è andata a strusciare la testa contro le sue caviglie e Irene si è piegata per accarezzarla.

– A che ora tornano i tuoi?

– Tra un'ora e mezza circa.

– Mi sento un po' sporca. Posso fare il bagno nella vostra vasca?

– Ti prendo l'accappatoio.

FESTA DI COMPLEANNO

Per essere sicura che Irene si trovasse a suo agio durante la mia festa, ho invitato solo Tazio, Ottilia e Annalee.

Annalee è molto discreta, e non mi preoccupa. Ottilia, invece, chiacchiera troppo. Perciò le ho detto: – Forse alla mia festa verrà anche Irene. Non farle troppe domande. Non le piace.

– Farò finta che non ci sia nemmeno.

– Adesso non esagerare...

– Non sono una pettegola.

– Lo so. Non volevo offenderti.

– D'accordo, d'accordo. Ho capito il messaggio. Non ti preoccupare.

Alle cinque c'eravamo tutti. Mia madre ha portato la torta su un grande vassoio e ha assistito solo allo spegnimento delle candeline. Poi ha detto: – Vado da Genoveffa, la madre di Sergio. Poi devo fare alcuni acquisti dalla merciaia. Luca, vieni con me?

– Non ne ho voglia.

– Pensavo di comprarti quelle figurine che mi chiedi da un paio di giorni. Ma non so di preciso quali sono e dove le vendono...

– Allora vengo.

Si è sbafato in fretta la sua porzione di torta e con la bocca ancora sporca si è precipitato dietro mia madre. Così in casa siamo rimasti in cinque: io, Tazio, Ottilia, Annalee e Irene.

Abbiamo giocato a dama, ci siamo collegati a Internet e abbiamo inviato una cartolina virtuale al maestro e un'altra a Jack.

Irene all'inizio era imbarazzata. Ma poi si è sciolta e si è anche messa a chiacchierare con gli altri.

– Peccato che ci sia solo un maschio – mi ha detto Ottilia. – Potevi invitare anche qualcuno dei nostri compagni.

– Volevo che fosse una festicciola tra amici veri – le ho risposto.

– Non possiamo giocare nemmeno a un gioco di segreti e di baci – ha insistito Ottilia. – A meno di non baciare tutte Tazio. Ma poi scommetto che ti ingelosisci. Vabbè, lasciamo perdere. Ho voglia di ballare. Qualcuno balla con me?

Ma nessuno le ha risposto.

Allora Ottilia ha detto: – Vuol dire che ballerò da sola. Metti della musica allegra, Valentina.

Ho inserito un cd nello stereo, Ottilia si è tolta le scarpe e ha cominciato a ballare al centro della stanza.

Non avrei mai creduto che avesse il coraggio di ballare da sola davanti a tutti noi. Irene la guardava incuriosita e a un certo punto si è messa a battere il tempo con un piede.

A quel punto mi sono alzata dal divano, mi sono tolta le scarpe e mi sono messa a ballare anch'io.

Poi è stata la volta di Annalee. Speravo che venisse anche Irene, ma si era aggrappata con le mani alla stoffa del divano e sembrava che volesse a tutti i costi resistere al desiderio di farsi trascinare dalla musica.

Tazio ha sparecchiato e ha portato i bicchieri in cucina.

Quando il cd è finito, Ottilia e Annalee si sono avvicinate a Irene e le hanno proposto di navigare ancora un po' in Internet. Io, invece, sono andata in cucina.

– Che fai? – ho chiesto a Tazio, che era piegato sul lavandino.

– Sto lavando i bicchieri.

– Potevi lasciarli stare. Ci avremmo pensato io e la mamma più tardi... che cosa c'è nel pacchettino che mi hai portato?

– Mia madre mi ha fatto un prestito e ti ho comprato una collanina d'argento. Perché non la provi?

Ho preso Tazio per mano e siamo andati nella mia camera.

I regali erano sul letto. Ho preso il pacchettino di Tazio e l'ho aperto con curiosità: non vedevo l'ora di vederne il contenuto.

La collanina era bellissima e l'ho rigirata a lungo tra le dita prima di dire: – Voglio metterla subito.

L'ho data a Tazio e gli ho chiesto di agganciarmela.

– Ti sta a meraviglia – mi ha mormorato in un orecchio.

Io mi sono girata di scatto e ci siamo trovati una nelle braccia dell'altro.

DI CHE COSA È FATTA LA FELICITÀ?

Mia madre dice che la felicità è fatta di tanti piccoli momenti felici. E che bisogna sforzarsi di ricordarli tutti. Così, quando sei triste, non potrai mai dire: «Com'è brutta la vita!».

E oggi ho proprio bisogno di ricordare queste parole, anche se mi verrebbe lo stesso da gridare: «Com'è brutta la vita!».

Quando sono tornata da scuola, mia madre mi ha detto: – Valentina, stamattina ho portato al dottor Lotti l'ecografia che mi aveva chiesto di fare.

– E allora?

– E allora dice che devo essere operata.

– Che cosa!?

– È un intervento di poco conto. Si tratta di togliere alcune pietruzze che hanno fatto il nido nel mio rene sinistro.

Ho buttato per terra lo zaino e sono corsa ad abbracciare mia madre. – Ma è proprio necessario? – le ho chiesto. – Non sono sufficienti le medicine comprate in farmacia?

– Purtroppo no. Il dottor Lotti dice che approfitteremo del ricovero per fare altri esami che alla mia età è opportuno non rimandare più.

– Quanto tempo starai in ospedale?

– Una settimana.

– Oh, mamma! Io... io verrò a trovarti tutti i giorni. E se me lo permettono, rimarrò con te anche durante la notte.

– Non sarà necessario, Valentina. So cavarmela bene. Piuttosto... sto pensando a come ve la caverete voi a casa.

– Io un po' so cucinare.

– Anche tuo padre non se ne starà con le mani in mano. Però credo che la sua azienda non gli darà più di due o tre giorni di ferie.

– Vuol dire che a casa resterò io.

– Non voglio che tu perda lezioni... peccato che zia Elsa non ci sia.

La zia è partita proprio ieri per la Sicilia. I genitori di Paride sono ammalati e zia Elsa e il marito sono andati a passare alcuni giorni da loro, a Palermo.

– Quando devi ricoverarti, mamma?

– Domani. Il dottor Lotti dice che è meglio fare subito quello che c'è da fare. Eviterò altre coliche renali e tu non dovrai più dirmi che sono pallida.

– Luca lo sa già?

– L'ho detto solo a te e a tuo padre.

Dopo cena, mia madre ha preso da parte Luca e gli ha fatto un lungo discorso.

Alla fine, Luca è scoppiato a piangere e ha esclamato: – Il dottor Lotti non capisce proprio niente!

– Il dottor Lotti sa quello che fa, e tu devi promettermi di aiutare Valentina – gli ha detto mia madre. – Per me, sarà come prendermi una vacanza.

– Non si va in vacanza all'ospedale – ha piagnucolato Luca.

– Hai ragione. La vacanza ce la prenderemo dopo, tutti insieme. Magari a Pasqua.

Luca si è soffiato il naso ed è andato da mio padre.

Io, invece, sono andata con mia madre a preparare la borsa che porterà in ospedale. Mi venivano i brividi mentre sfioravo la vestaglia, la camicia da notte, gli indumenti che le avevo visto addosso solo in casa nostra.

Chissà che effetto mi avrebbe fatto vederglieli indossare in ospedale. C'ero passata anch'io, è vero. Ma questa volta dentro di me sentivo che era diverso.

CIAO, BAMBINI!

Stamattina, verso le nove, papà e io abbiamo accompagnato la mamma in ospedale. Luca si è fatto un bel pianto e ha continuato a dire: – Non andare, non andare!

– Lunedì sarò di nuovo a casa – gli ha ripetuto mia madre. – Adesso smettila, se no fai piangere anche me.

Abbiamo accompagnato Luca dalla nostra vicina, Eleonora, che ha tentato invano di calmarlo.

Poverina. Mio fratello è davvero insopportabile quando ci si mette. Eleonora non ha figli, e credo che lo avrebbe sbaciucchiato volentieri per consolarlo. Ma Luca non ne voleva proprio sapere.

– Hai preso tutto? – ha chiesto mio padre alla mamma.

– Se manca qualcosa, vi telefono. Meno male che sei riuscito a farti dare due giorni di ferie.

– E meno male che oggi e domani abbiamo il ponte di carnevale e non si va a scuola – ho aggiunto io.

– Penso che ti divertirai ben poco questa volta, Valentina.

– Tu pensa a guarire.

– In ogni modo non è necessario che veniate a trovarmi tutti i giorni.

– Che cosa!? Io verrò tutte le sere e anche dopo pranzo, quando non c'è scuola.

– Sono in ansia per Luca. Era davvero spaventato. Stategli vicino, mi raccomando.

– So come trattare mio fratello, mamma. E in questi giorni cercherò di insegnargli qualcosa. Per esempio, a farsi da solo lo zaino.

– Fai esclusivamente l'essenziale e non tralasciare lo studio.

Mio padre ha parcheggiato l'auto davanti all'ospedale, ha preso la borsa e ha detto: – Andiamo –. Io ho stretto una mano a mia madre e mi sono incamminata con il cuore in tumulto.

«Valentina, non provare a piangere» mi sono detta. «Anzi, vedi di fare una faccia allegra. Fallo per la mamma!»

Figuriamoci! E chi ci riusciva? Davanti all'impiegata dell'Accettazione ho rivissuto tutte le emozioni che avevo provato quando ero stata ricoverata per l'operazione all'orecchio.

– Venga con me – ha detto infine un'infermiera a mia madre.

– Posso venire anch'io? – le ho chiesto.

– No.

– La prego!

– A quest'ora i medici sono in reparto e, se ti vedono, la strigliata me la prendo io –. Ma davanti ai miei occhi supplichevoli ha detto: – D'accordo. Però solo due minuti.

Mio padre ha baciato la mamma sulle labbra e le ha detto: – Ci vediamo stasera, Maria. Stai tranquilla.

– Allora a dopo, Stefano.

L'infermiera ha preso la cartella clinica della mamma e mi ha detto: – Questo è uno dei migliori ospedali della città. Perciò tua madre riceverà tutta l'assistenza necessaria. Ecco, questa è la sua camera, signora.

Nella stanza c'era una donna anziana con una folta capigliatura bianca. Appena ci ha viste entrare, ha esclamato: – Finalmente qualcuno con cui scambiare due parole!

L'infermiera si è chinata e mi ha mormorato in un orecchio: – Purtroppo lei non scambia solo due parole, ma almeno un milione, da quando si sveglia a quando si addormenta. Spero che tua madre riesca a resistere alle sue chiacchiere e ai suoi pettegolezzi. Su, salutala e vai.

L'infermiera è andata via e io ho aiutato mia madre a sistemare la sua roba nell'armadietto di metallo e nel cassetto del comodino.

– Valentina, non facciamo arrabbiare l'infermiera. Vai adesso.

L'ho abbracciata e mi sono ripetuta: «Non provare a piangere, Valentina. Non pensarci nemmeno!».

Ho resistito finché sono tornata da mio padre. Ma appena ho messo piede nell'ascensore, mi sono messa a piangere come una fontana. Mio padre è rimasto in silenzio, e ha continuato ad accarezzarmi i capelli.

GRAN SILENZIO IN CASA

Arrivati davanti alla porta di Eleonora, abbiamo sentito Luca che urlava: – Voglio tornare a casa, voglio tornare a casa!

Abbiamo bussato e, quando Eleonora ci ha aperto, mio fratello è schizzato sul pianerottolo piagnucolando: – Perché ci avete messo tanto?

Eleonora, col viso stravolto, ha detto a mio padre: – Mi dispiace. Si vede che con i bambini non ci so fare.

– Non se la prenda. Luca non è facile da trattare – ha cercato di consolarla lui.

Il silenzio e il vuoto che regnavano nel nostro appartamento mi hanno colpito. Mio fratello è andato a rifugiarsi in camera, mio padre si è chiuso in bagno, e io sono rimasta in piedi nell'ingresso, senza saper bene che cosa fare. Poi ho scosso la testa e sono andata da Luca. Si era gettato sul letto e si era coperto le orecchie con le mani.

– È tutto a posto – gli ho detto. – L'ospedale è moderno, le infermiere sono in gamba... e sette giorni passano in fretta, vedrai.

Luca continuava a coprirsi le orecchie con le mani, ma ero sicura che aveva sentito le mie parole.

– Bisogna che cominci a darmi da fare se vogliamo mangiare alla solita ora. Il sugo è pronto e devo cucinare solo la pasta. Preferisci le penne o gli spaghetti?

Mio fratello guardava nel vuoto e non mi ha risposto.

– Hai perso la voce? – gli ho chiesto. – Guarda che anch'io sono triste perché la mamma è in ospedale. Ma non credo che le piacerebbe sapere che qui rimaniamo con le mani in mano a contemplare il soffitto.

Luca ha continuato a tacere, ma ha stretto gli occhi e ha increspato le labbra. Allora sono andata a baciarlo, e con voce più dolce gli ho detto: – Quando esce, facciamo una grande festa. Adesso vado a cucinare. E togliti le scarpe, o sporcherai il letto.

Ho messo il grembiule della mamma e ho cercato di fare tutte le cose che fa lei quando è in cucina.

Ho posato una pentola piena d'acqua sul fornello, ho messo la fiamma al massimo e quando l'acqua ha iniziato a bollire l'ho salata. Poi ho fatto riscaldare il sugo. «Per oggi, preparare da mangiare non è stato molto complicato. Domani si vedrà» mi sono detta.

Un quarto d'ora dopo ho chiamato mio padre e Luca.

Il telefono è squillato mentre ero in piedi per sparecchiare, così sono andata a rispondere io.

Era zia Elsa.

– Ciao, nipotina. Com'è il tempo lassù?

Preparare da mangiare non è stato molto complicato...

– È piuttosto nuvoloso, zia.

– E in casa, come va?

– È nuvoloso anche qui, zia.

– Valentina, non capisco. Vuoi dire che piove in casa?

– In un certo senso.

– Senti, non parlare per enigmi. È successo qualcosa?

– La mamma è in ospedale per un piccolo intervento chirurgico.

– Che cosa!? E non poteva aspettare che tornassi, così mi occupavo io di voi?

– Il dottor Lotti ha detto che l'intervento non era grave, ma che andava fatto subito.

– Accidenti, adesso come faccio? Non riesco a partire prima di giovedì.

– Non preoccuparti, zia. Ce la caviamo bene anche da soli.

– Non scherzare, Valentina. Un uomo e due bambini non possono cavarsela senza una donna.

– Zia Elsa, guarda che io...

– Zitta, Valentina. Fammi pensare. Vediamo... potrei prendere l'aereo giovedì mattina ed essere a Torino nel pomeriggio... ma dovete tenere duro ancora per qualche giorno.

– Ti ho detto di non preoccuparti, zia.

– Invece mi preoccupo eccome! Non c'è una vicina che possa darvi una mano?

– C'è Eleonora, ma sono certa che non avremo bisogno di lei.

– Chiamala, Valentina. Poi le faremo un regalo per ringraziarla del disturbo che si è presa.

LETIZIA NON È SEMPRE SOLA

Stasera siamo andati a trovare la mamma. La sua vicina di letto si chiama Letizia ed è proprio un tipo allegro. Ha la bronchite, e tossisce spesso: – Scusate, ma questa brutta tosse se ne andrà, prima o poi. Parlate, parlate. Però se vi dà fastidio che ascolti quello che dite, esco.

– Resta pure, Letizia – le ha detto mia madre. – Non abbiamo segreti da confidarci.

La mamma ha continuato ad accarezzare Luca e a me ha raccomandato: – Mettete la roba sporca in lavatrice. Laveremo tutto al mio ritorno.

– Ha telefonato zia Elsa – le ho detto. – Dice che anticiperà il suo rientro.

– Novità? – ha chiesto mio padre.

– È probabile che mi operino giovedì.

– Come ti trattano?

– Bene.

A quel punto è intervenuta Letizia.

– Questo è uno degli ospedali migliori di Torino. Io lo conosco perché ci vengo spesso.

– Perché ci vieni spesso? – le ha chiesto Luca incuriosito.

– Perché ho i polmoni stanchi. E perché vivo da sola, piccolo. Almeno, quando sono qui, trovo qualcuno con cui chiacchierare. Nel condominio dove abito, invece, ognuno si fa i fatti suoi e non ti salutano nemmeno quando ti incontrano davanti all'ascensore.

Che mondo! E ai poveri vecchi chi ci pensa? Voi siete gente a posto, l'ho capito subito. Peccato che non siamo vicini di casa. Sono certa che con vostra madre non mi annoierei mai. Ad ogni modo, non sono sempre sola e derelitta. Ho un amico che pensa a me...

A quelle parole, ho spalancato gli occhi.

– Un amico!?

Ho pensato che avesse un compagno, qualcuno, non so. Allora le ho chiesto: – Quanti anni ha?

– Nemmeno diciotto – mi ha risposto.

– Che cosa!?

– Ti sorprende?

– Eccome! È troppo giovane, secondo me.

– Ma sono proprio loro i più volenterosi e i più in gamba.

– Letizia, scusa se te lo dico, ma potrebbe essere tuo nipote.

– Magari avessi un nipote come lui! Si chiama Giulio ed è uno splendido ragazzo. Spero che mi lascino sempre lui. Gli altri erano un po' schizzinosi, anche se si sforzavano di non darlo a vedere. Giulio, invece, fa tutto con vero amore.

Io ho spalancato ancora di più gli occhi e Letizia ha detto: – Forse non mi sono spiegata bene. Giulio fa parte di un'associazione di volontari che aiutano gli anziani a tenere in ordine l'alloggio; comprano il latte, fanno la spesa, vanno in farmacia a prendere le medicine...

– Adesso ho capito! – ho esclamato ridendo di gusto.

– Scusa, che cosa avevi pensato?

– Niente, niente!

– Giulio è anche bravo ad ascoltare. Ma ha sempre fretta. Studia, smanetta con il computer e ha anche una ragazza. Se è furba, le conviene sposarlo subito.

– Letizia, a diciotto anni è ancora presto per sposarsi.

– Io mi sono sposata a sedici. Purtroppo ho perso mio marito dieci anni fa. Era un buon compagno, anche se aveva il vizio di dormire troppo, e in più sul divano!

A quel punto, mio fratello ha sbuffato, ha afferrato la mano di mia madre e l'ha trascinata in corridoio.

– Cocciuto e deciso il piccolo – ha osservato Letizia. E rivolta a me ha aggiunto: – Sta filando tutto liscio a casa?

– Abbastanza. E poi è solo il primo giorno.

– Tua madre mi ha parlato molto di voi. Soprattutto di te.

– E che cosa ti ha detto?

– Che sei una ragazzina in gamba.

– E lei è una madre coi fiocchi.

– Non è facile trovare una famiglia come la vostra.

– Non siamo il massimo, Letizia.

– Forse. Ma almeno vi volete bene e non pensate a farvi del male a vicenda. Ne conosco, nel mio condominio, che fanno questo e altro. Si sentono certe urla dalla mattina alla sera! C'è una famiglia in cui il padre detta legge come se fosse il direttore di un carcere. Hanno una bambina di nove anni che è un vero angelo. È l'unica che mi saluta ogni volta che mi incontra. Ma ha un viso così triste! Me la prenderei volentieri in casa...

Letizia è proprio una persona che non tollera le ingiustizie.

UN PICCOLO INCIDENTE PER LUCA

Stamattina mi sono svegliata alle sette e un quarto. Appena ho aperto gli occhi, ho sentito un rumore di piatti e di scodelle in cucina: era mio padre che preparava la colazione.

Stavo per richiudere gli occhi e regalarmi ancora qualche minuto di sonno, quando mio fratello si è avvicinato e mi ha bisbigliato: – Ho fatto la pipì a letto...

Ho sollevato la testa e ho guardato il pigiama bagnato di Luca. Poi ho alzato le braccia e ho detto: – Pazienza, vuol dire che laveremo le lenzuola. Tu, invece, farai meglio a infilarti nella vasca da bagno!

Mio padre è entrato in quel momento.

– Buongiorno a tutti e due. La colazione è pronta.

– Luca però non può sedersi a tavola subito: ha bisogno di un bel bagno, prima.

Mio padre ha capito subito, e mentre loro andavano in bagno, io mi sono stiracchiata e sono andata ad aprire la finestra.

Era una bella giornata. Ho chiuso gli occhi e ho immaginato di correre e di fare capriole in un bel prato verde.

Più tardi, mio padre è uscito con Luca.

– Vado a comprare un po' di frutta – mi ha detto. – Ma poi mi trattengo con tuo fratello ai giardini. Che cosa mangiamo oggi?

– Piselli surgelati col prosciutto. Un cucchiaio d'olio, cinque minuti in padella e sono pronti.

– D'accordo. Allora ci vediamo prima di pranzo: preparo io la tavola.

– E adesso sotto con la lavatrice! – ho esclamato quando ho finito di sparecchiare.

La nostra lavatrice ha il cestello che si carica dall'alto, e io so come regolarla. Ho osservato spesso mia madre e conosco bene i vari tipi di lavaggio. Un'ora e mezza dopo averla avviata, ho tirato fuori le lenzuola. Quando sono uscita sul balcone, ho visto Eleonora affacciata alla finestra della cucina.

– Che fai? – mi ha chiesto.

– Stendo le lenzuola di Luca.

– Vengo a darti una mano.

Eleonora è entrata in casa canticchiando:
– Sei troppo piccola per questo. Dammi il cestino delle mollette e osserva.

Ha steso le lenzuola e mi ha insegnato come si devono stendere le lenzuola e la biancheria.

– Si allargano tra un filo e l'altro. Così passa l'aria e si asciugano più in fretta. Fare la casalinga è un vero lavoro, Valentina, e non è nemmeno pagato. Non mi meraviglio che le donne preferiscano lavorare fuori.

Il guaio è che, quando tornano a casa, devono comunque fare i mestieri. Bisogna proprio che uomini e donne, genitori e figli si dividano i compiti. Proprio come fate voi.

– E a casa tua come vanno le cose, Eleonora? Tuo marito ti aiuta a fare i lavori?

– Glielo sto insegnando a poco a poco. Hai bisogno d'altro?

– Per il momento no. Grazie, sei stata molto gentile. Forse dovrò stirare... ma voglio provarci da sola.

– Allora stai molto attenta a non scottarti.

LETTERE, NOTE E LUOGHI COMUNI

– Tieni, sono per te – mi ha detto mio padre consegnandomi due lettere. Ho dato un'occhiata agli indirizzi e ho visto che erano di Maddalena e di Rosaria, la bambina e la ragazza che ho conosciuto in

Svizzera quando siamo andati in gita scolastica a Zurigo.

Cara Valentina,
volevo dirti che ho fatto amicizia con gli altri bambini e che sto cominciando a studiare il tedesco. Non mi piace, ma se non imparo a parlarlo bene non mi farò mai degli amici veri.
Tu hai mai lasciato il luogo dove sei nata? Spero che non ti succeda mai. Rispondimi, così capirò che sei mia amica.
Maddalena.

La lettera di Rosaria era tutta diversa:

Cara Valentina,
qui tutto ok. Ormai i miei hanno capito che io dalla Svizzera non mi schiodo. Loro se ne tornino pure al paesello, se vogliono, e si costruiscano la loro bella casetta. Io resto con mia zia e col mio ragazzo.
Qui sto bene, mi sento libera e non ho

addosso gli occhi di nessuno. Al mio paese non facevano altro che spettegolare e dire: «Ma come è sfacciata Rosaria! Ma chi si crede di essere? Guardatela come si veste!».

Ma ormai queste frasi fanno parte del passato. Sta per scoccare l'ora dei miei quattordici anni e penso a ciò che farò da grande. Non è che lo sappia già di preciso. Ma ora mi sembra di poter fare tutto quello che desidero.

Tu come te la passi? Non farti umiliare mai da nessuno, Valentina. Non è giusto.

Bye bye,
Rosaria.

Mentre passavo l'aspirapolvere nelle stanze, ho continuato a pensare alle parole di Rosaria. È davvero un tipo deciso. E mi piace. Ha ragione quando dice che non bisogna farsi umiliare da nessuno. Ma per fortuna a me, finora, è andata bene.

A scuola c'è solo il professore di matematica che è un po' scorbutico. Ma se un giorno dovesse dirmi una frase come quella che ha detto a Gina la settimana scorsa, non me ne starò zitta di sicuro.

Gina non è una delle mie migliori amiche, anzi... ma quando il professore le ha detto: «Sto sprecando il mio tempo con te. Tu non imparerai mai quanto fa due più due. Sei proprio un'oca...» mi sono sentita avvampare e nella pancia hanno cominciato a pungermi centinaia di spilli. Ho sperato che Gina reagisse in qualche modo, invece è scoppiata a piangere e se n'è tornata a testa bassa al suo posto.

Allora ho detto al professore: «Mi scusi, ma lei non può chiamare "oca" un'alunna.»

«Io non sono uno che fa tante cerimonie...» ha reagito lui con stizza.

«Ma lei non può offendere nessuno.»

«Valentina Castelli, ti avverto: stai dicendo qualche parola di troppo.»

«Io sono abituata a dire tutto quello che penso.»

«E allora adesso ti dico quello che penso io! Portami il diario.»

All'uscita, Gina mi ha detto: «Mi dispiace che tu ti sia presa la nota per colpa mia.»

«Non è grave.»

«Io non avrei avuto il tuo coraggio» mi ha detto mia madre. «Ai miei tempi non sarebbe stato facile.»

«Non è facile nemmeno oggi, mamma. E poi non ho detto nulla di offensivo. Mi dispiaceva per Gina, tutto qui.»

Sono andata nella mia camera e mi sono messa a pensare al maestro.

Era lui che più di tutti mi aveva sempre incoraggiata a dire la verità e a non nascondere i miei pensieri. Era lui che fin dal primo giorno di scuola aveva detto che ci avrebbe insegnato a combattere con determinazione i luoghi comuni.

E non è forse un luogo comune (oltre che una frase sprezzante) chiamare "oca" una ragazza? Lo è, eccome! E poi le oche meritano tutto il nostro rispetto, come anche gli asini, che sono molto più intelligenti di tanti altri esseri viventi.

IMPARARE A STIRARE. STRANI PENSIERI NELLA TESTA

– Come stai, mamma?

– Non vedo l'ora che sia tutto finito.

– Ti annoi?

– Con Letizia è impossibile. Come vanno le cose a casa?

– Sto imparando parecchie cose. Anche a stirare le camicie di papà.

– Ma perché non chiedi aiuto a Eleonora?

– Me la cavo benissimo da sola. Non è poi così difficile.

Tutte bugie, naturalmente.

Infatti, non le ho confessato che ieri sera ho bruciato il collo di una camicia di papà. Per la precisione di quella azzurra, la sua preferita!

Quando ha guardato il collo tutto annerito, mi è sembrato sul punto di piangere.

Ieri sera ho bruciato il collo di una camicia di papà...

Però si è ripreso subito e mi ha detto:
– Può succedere, Valentina.

– E dai, dillo che sei arrabbiato.

– Va bene, sono arrabbiato. Ma non con te.

– E con chi, allora?

Ha alzato le spalle e non mi ha risposto.

Sono andata da Luca che stava giocando con le automobiline e gli ho detto: – Bella figura che mi hai fatto fare con papà.

– Che c'entro io se tu non sai stirare?

– Sei tu che mi hai distratta. Se non ti fossi messo a gridare che in cucina c'era puzza di gas, io non avrei lasciato il ferro da stiro sulla camicia per venire a controllare.

– La puzza c'era davvero.

– Non è vero!

– Se scoppiava la casa la colpa era tua, e morivamo tutti.

– Smettila, Luca! Lasciami fare in pace il mio lavoro! Ne ho fin sopra i capelli e non ce la faccio più!

Alla mia sfuriata Luca non ha osato replicare. Quelle parole mi sono proprio scappate. È la prima volta che mi prendo tante responsabilità. E poi ci sono i compiti da fare, il professore di matematica che mi guarda in cagnesco, tutti i pensieri che mi ronzano nella testa... la mamma sta per subire un intervento chirurgico che tutti giudicano non pericoloso. Ma chi sa veramente che cosa è pericoloso e che cosa no? A volte basta graffiarsi con un chiodo, e se non sei vaccinato rischi di morire.

Ecco, ho detto quella parola. *Morire*.

E se durante l'intervento ci fossero delle complicazioni? Non ci voglio nemmeno pensare.

Una volta ho chiesto a zia Elsa: «Zia, perché si muore?».

E lei mi ha risposto che dovevo piuttosto pensare alle tante ragioni che ci sono per vivere. Sì, questo lo so anch'io. Ma non è sempre così facile. E così, oggi, mentre tornavamo dall'ospedale, ho domandato a mio padre: – Credi che andrà tutto bene?

– Perché non dovrebbe, Valentina?

– Comincio ad avere in testa delle strane paure, papà.

– Le paure non puoi scacciarle come fai con le mosche. Bisogna cercare di capire come sono fatte e perché ci sono.

– E se la mamma muore, papà?

– Valentina, tua madre non morirà.

– No, certo.

Ma prima di addormentarmi ho continuato a pensare a questa idea di chiudere gli occhi per sempre. Come sarà? E poi che cosa succederà? Mi risveglierò? E dove mi sveglierò? E chi vedrò intorno a me? Ci saranno i miei, Ottilia, Tazio? E le mie cose? Saranno perdute per sempre? E Alice? Si addormenterà e si risveglierà anche lei da qualche parte?

Mio fratello dormiva raggomitolato su se stesso. Mi è dispiaciuto di essermi arrabbiata con lui a proposito della camicia di mio padre. «Forse domani gli chiedo scusa» ho pensato. E finalmente sono riuscita ad addormentarmi anch'io.

È TARDI, TARDISSIMO!

Oggi mi sono alzata prima del solito. Ho spalancato la finestra e ho fatto entrare una folata di aria fresca.

– Buongiorno, mondo! – ho esclamato. E ho guardato il cielo. Ci vorrà ancora qualche settimana prima che le rondini si facciano vedere dalle nostre parti. Di colombi, invece, ce ne sono tantissimi. Sono i veri padroni della città, e se si levassero in volo tutti insieme penso proprio che coprirebbero una bella fetta di cielo. Alcuni sono talmente grassi che spaventerebbero anche la mia gatta!

Mentre mi lavavo il collo e le orecchie, Alice è entrata nel bagno ed è venuta a strusciarsi contro le mie gambe.

Mi sono subito accorta che aveva messo le zampe nel detersivo della lavatrice, così ho dovuto lavargliele con attenzione.

Ma ho perso del tempo prezioso. Allora ho gridato: – Luca! Luca! Sveglia! Sveglia! Salta giù dal letto, presto!

Mio padre stamattina è uscito alle sei perché aveva un appuntamento a Milano con certe persone venute dalla Germania, così la colazione dovevo prepararla io. Perciò ho riscaldato il latte e ho messo un pacco di biscotti in tavola. Luca si è presentato in cucina con i pantaloni della tuta messi al contrario.

– Gira quei pantaloni – gli ho detto – e vieni a mangiare. È tardi, tardissimo!

– Voglio anche il pane con la marmellata.

– Non c'è tempo. Ho dovuto lavare le zampe ad Alice e...

– Voglio il pane con la marmellata!

– E smettila! Voglio, voglio... guarda, ti metto il barattolo della marmellata e un panino in un sacchetto di plastica. Li mangerai a scuola per merenda.

– Mi prenderanno tutti in giro se porto il barattolo della marmellata a scuola. Perché in questa casa non ci sono mai le merendine?

– Perché la mamma dice che sono piene di conservanti. Caspita, è tardi, tardissimo! Gira quei pantaloni dalla parte giusta, ti dico. Così farai davvero ridere i tuoi compagni!

Ho inzuppato un paio di biscotti nel latte, ho vuotato in fretta la scodella e l'ho messa nel lavandino.

«La laverò dopo pranzo» ho pensato.

Poi sono corsa nella mia camera, mi sono tolta il pigiama, ho indossato jeans e maglietta, ho socchiuso la finestra e ho rivoltato i cuscini. I letti li avrei rifatti dopo la scuola. Tornando in cucina, ho visto Luca vicino al lavandino, con le braccia conserte e il muso imbronciato.

– Come! Non hai ancora bevuto il latte? – gli ho chiesto. – Beh, peggio per te. Metti il giubbotto, prendi lo zaino e il berretto e andiamo. È tardi, tardissimo! E alla prima ora ho matematica!

Prima di lasciare mio fratello davanti alla scuola, mi sono fermata in panetteria e ho comprato una merendina.

– Tieni – ho detto a Luca. – Ma ricorda che è un'eccezione.

Mi sono chinata per dargli un bacio e ho domandato alla mamma di un suo compagno: – Potrebbe dare un'occhiata anche a mio fratello?

– Ci penso io. Come sta tua madre?

– La operano domani.

– Falle tanti auguri.

– Grazie.

VALENTINA CASTELLI... SOSPESA!

Sono arrivata in classe solo dieci secondi dopo che era entrato il professore di matematica.

Ma lui mi ha subito bloccata e mi ha detto: – Sei in ritardo. Domani voglio la giustificazione.

– Che cosa ti è successo? – mi ha chiesto Ottilia quando sono andata a sedermi vicino a lei, al mio banco.

– Fammi riprendere fiato e poi te lo dico.

Ma non ne ho avuto il tempo, perché il professore mi ha chiamata alla lavagna.

– Valentina Castelli, portami i compiti.

Ho tirato fuori il quaderno dallo zaino, sono andata da lui e gli ho detto: – Non sono riuscita a finirli tutti. Ho avuto da fare.

– Ah, sì? E che cosa, se mi è permesso chiedertelo? Hai navigato in Internet? Hai giocato con la PlayStation oppure con le tue bambole? Hai fatto le fusa insieme alla tua gatta? Perché so che ne hai una, vero?

Ho respirato profondamente, ho cercato di controllarmi e gli ho risposto: – Non ho fatto niente di tutto questo, prof.

Eh, no, non gli avrei detto che ero stata in ospedale, che avevo accompagnato Luca dal barbiere e che avevo lavato i piatti fino a tardi perché mio padre era rientrato dall'ufficio dopo le otto. Quelli erano fatti miei e non li volevo spiattellare davanti a tutti.

– Non rispondi? – ha ripreso il professore.

– Si tratta di cose personali, prof.

– Personali o no, i compiti non sono stati fatti. Quindi ti darò un voto adeguato. E ricordati che a fine anno conterà.

– Cercherò... cercherò di recuperare.

– Vedremo, vedremo. Adesso vai alla lavagna e scrivi.

E mi ha dettato un'espressione lunga e complicata con frazioni, numeri decimali, potenze, eccetera.

Io le espressioni so farle benissimo. Ma ero così stordita a causa di Alice, di mio fratello, della corsa e del resto, che non riuscivo a concentrarmi. E i numeri mi ballavano davanti agli occhi come una nuvola di coriandoli.

E pensare che mi ero svegliata così di buonumore!

Beh, non avrei permesso a quell'uomo di rovinarmi la mattinata. La sua ora sarebbe passata e poi ci sarebbero state due ore con la professoressa di italiano. Linda è un mito, e a lei avrei raccontato volentieri tutto quello che voleva sapere il professore di matematica.

A un certo punto, però, mi sono impappinata e l'espressione è diventata un cumulo di errori.

– Fai come i gamberi, vedo – ha detto il professore. – Invece di andare avanti, vai indietro. Male, Valentina Castelli, male. Non sarà che ci siamo innamorate? Non saprei spiegarmi in altro modo il fatto che tu abbia la testa tra le nuvole.

– Le sue ipotesi se le tenga per lei – ho esclamato piena di rabbia.

– Vedo che quanto a buona educazione non ci siamo proprio. Forse i tuoi dovrebbero darsi una regolata.

– Non le permetto di dire una sola parola sui miei genitori!

– Bene, bene, bene. A questo punto penso proprio che una bella sospensione sia più che giustificata. Tutti hanno sentito e possono testimoniare.

A quel punto ho avuto una crisi di nervi (non so se si dice così). Mi sono sentita come una molla che viene tirata e tirata, fino a quando fa «dlìng» e si spezza.

E io mi sono spezzata. Cioè, sono scoppiata a piangere. Una sospensione! Non l'avrei mai creduto possibile.

Mentre cercavo di nascondere le lacrime, Tazio si è alzato e si è rivolto al professore:
– La lasci in pace, e impari a fare meglio il suo lavoro.

Nella classe si è levato un mormorio. Il professore è rimasto a bocca aperta, poi è diventato rosso, poi viola, e infine ha detto:
– Complimenti. Penso che ti farà piacere tenerle compagnia.

All'uscita da scuola, Ottilia mi si è avvicinata: – Se non si fosse alzato Tazio, avrei detto io qualcosa al prof.

Non so se Ottilia lo avrebbe fatto davvero, ma l'ho abbracciata stretta e l'ho ringraziata lo stesso per la sua amicizia.

– È assurdo, Valentina. Ma perché non gli hai detto che hai dei problemi in casa?

– Perché non voglio assolutamente essere compatita da lui.

Tazio mi ha accompagnata a casa e prima di salutarmi mi ha chiesto: – Che cosa farai domani?

– Mia madre viene operata alle dieci. Andrò in ospedale con mio padre. Se non mi avesse sospesa, mi sarei presa lo stesso un giorno di vacanza. Grazie per essere intervenuto. Però come la prenderanno i tuoi genitori?

– Capiranno. Posso venire con te in ospedale? Mi farebbe piacere.

– Se vuoi.

– A che ora partite tu e tuo padre?

– Alle nove precise.

– Sarò puntuale. Ciao.

Prima di lasciarmi, Tazio mi ha abbracciata, mi ha baciata e mi ha sussurrato in un orecchio: – Sei stata forte.

– Anche tu. Ti ringrazio tanto. Ciao.

LA VITA, LE PERSONE...

Alle otto hanno telefonato i nonni. Sono entrambi raffreddati e la nonna mi ha detto: – Mi dispiace di non poter essere lì con voi, Valentina.

– Non preoccuparti, nonna. È tutto a posto.

– Salutami tua mamma. E falle tantissimi auguri da parte nostra.

– Grazie, nonna.

Poi ha preso la cornetta il nonno.

– Sono orgoglioso di te, nipotina.

– Perché?

– Tuo padre mi ha detto che te la stai cavando benissimo.

– Sto facendo del mio meglio, nonno.

– Sei proprio brava, Valentina... appena le cose si saranno sistemate, voglio che passi un fine settimana da noi. Ti tratteremo davvero come una regina.

– Nonno, non esagerare. E poi le regine non mi piacciono molto.

– Allora a presto, Valentina.

– A presto, nonno. E attento a non lavorare troppo.

– Non preoccuparti. Chiamaci quando tua madre esce dalla sala operatoria.

Anche Luca non è andato a scuola.

– Guarda che ti tocca stare con Eleonora – gli ho detto. – Cerca di non protestare.

– E chi protesta? Sarò un angioletto.

Perché aveva cambiato opinione così in fretta?

Me lo ha spiegato poco dopo Eleonora.

– Gli ho comprato un album di figurine e gli ho promesso una torta e parecchie altre cose.

– Eleonora, non ti devi sentire obbligata... Stai facendo già molto.

– Non ho mai avuto l'occasione di ospitare un bambino in casa. E per una volta ho voluto strafare. E poi Luca mi piace. Vorrei avere un figlio come lui, un giorno.

– Guarda che non è il bambino più facile del mondo da trattare...

– Lo so. Ma ho capito che se trovi le parole giuste ci puoi ragionare. Tu ci riesci, no?

– Io vivo con lui da sempre.

– Lasciami fare. Voglio vedere come riesco a sbrigarmela. Se sbaglio, rimedierò. Fai tanti auguri a tua madre.

Alle nove meno un quarto è arrivato Tazio. Mio padre gli ha messo una mano su una spalla e gli ha detto: – Valentina mi ha raccontato tutto... direi che adesso possiamo andare. A quest'ora non c'è molto traffico, ma non sarà facile trovare un posto dove parcheggiare.

Per tutto il tragitto ho tenuto stretta la mano di Tazio. Era bello averlo vicino, e gli ho sussurrato: – Grazie per essere venuto.

Poi ho pensato alla volta in cui ero stata operata io. Sapevo come ci si sente quando si indossa il camice verde, si sale sul letto con le ruote e si arriva mezzi addormentati davanti alla sala operatoria.

Si sentiva come me, mia madre? Aveva più coraggio? Ma io la conoscevo proprio bene? Forse ciascuno di noi si mostra com'è realmente solo quando affronta una grande prova o un grande dolore.

«Eh sì,» ho pensato «sto davvero imparando parecchie cose sulla vita e sulle persone in questi giorni!».

GRAZIE, DOTTOR QUINN!

Mia madre era sulla soglia della sua stanza e mi ha accolta a braccia aperte.

– Sei tranquilla? – le ho chiesto.

– Ma certo.

– Che cosa devo dirti, prima che tu entri in sala operatoria?

– Dimmi: «Ti aspetto».

Letizia ha battuto le mani e ha detto: – Su col morale, ragazze! Io sto meglio e voglio uscire insieme a tua mamma. Così poi vengo a festeggiare a casa vostra. Se mi invitate, si capisce.

– Sarai la benvenuta – le ha risposto mia madre.

– Sei sincera, Maria?

– Ma sì. Ormai non saprei più fare a meno delle tue chiacchiere!

Alle dieci, mia madre ha indossato il camice e si è sdraiata sul letto che l'ha portata in sala operatoria.

A quel punto è cominciata l'attesa.

Io guardavo in continuazione l'orologio, mio padre sfogliava nervosamente il giornale e Tazio cercava di distrarmi parlando di un mucchio di cose che non avevano molto senso. Ma il suono della sua voce era tranquillizzante. Mia madre è uscita dalla sala operatoria verso mezzogiorno.

Appena l'ho vista arrivare sono balzata in piedi e l'ho riaccompagnata in camera sua insieme alle due infermiere.

Alle dieci la mamma è entrata in sala operatoria.

– È andato tutto bene? – ho chiesto.

– Il dottor Quinn ha le mani d'oro – mi ha risposto Carla. – Tua madre è di nuovo sana come un pesce.

– Quando si sveglierà?

– Se non sbaglio, è già sveglia.

Mia madre ha socchiuso gli occhi e ha abbozzato un sorriso.

«Grazie al Cielo!» ho esclamato dentro di me. E le ho dato un bacio sulla fronte. Avrei voluto farle tante domande, ma mi sono limitata a stringerle una mano. Mi ricordavo che quando io mi ero svegliata non volevo sentire troppo rumore intorno a me.

Perciò le ho sussurrato solo poche parole: – Appena sei in grado di camminare, ti portiamo via, mamma. Carla mi ha detto che il dottor Quinn ha fatto un buon lavoro.

Il dottore è arrivato subito dopo. Sembrava un gigante, ma aveva lo sguardo da bambino; nella sua mano, la mia si è persa. E quando ho balbettato: – Grazie... dottore! – è scoppiato a ridere: – È la decima volta che mi ringraziano questa settimana.

– Vuol dire che se lo merita.

– È il mio lavoro. Due, tre giorni per medicazioni e controlli, poi potrà tornarsene a casa, signora.

Dopo pranzo ho detto a mia madre: – Stasera o domani arriva zia Elsa. Dice che forse dorme da noi perché vuol prendere in mano le redini della situazione.

– E com'è la situazione, Valentina?

– Non male. Adesso posso dirtelo. Mentre stiravo, ho bruciato il collo della camicia preferita di papà.

– E basta?

– Ho rotto anche un paio di bicchieri.

– Quelli di cristallo?

– No, quelli normali. E poi, una mattina, ho comprato a Luca una merendina...

– Per una volta non fa nulla. Dov'è ora?

– Da Eleonora. Credo che si stia lasciando viziare. Prima non la sopportava, adesso invece non vede l'ora di andare da lei. Ah, c'è un'altra cosa che dovrei dirti...

– Sentiamo.

– Oggi sono qui per una vacanza forzata.

– Non capisco.

– Non arrabbiarti, mi raccomando.

– Non ne ho nessuna voglia, Valentina.

– Insomma... mamma, sono stata sospesa per un giorno.

– Come mai?

– Per colpa del professore di matematica.

– Sei sempre andata d'accordo con tutti i tuoi insegnanti...

– Purtroppo con lui negli ultimi tempi non è stato possibile. Un giorno gli ho risposto male, ma se lo meritava. Mi credi?

– Ti credo, Valentina.

– Anche Tazio è stato sospeso.

– Perché?

– Perché mi ha difesa.

Mia madre ha girato lentamente la testa, ha fissato Tazio e gli ha detto: – Vorrei invitarti a cena da noi, una volta.

Tazio ha fatto cenno di sì con la testa:
– Volentieri.

Poi è uscito nel corridoio e mia madre mi ha chiesto: – Gli vuoi davvero così bene?

– Sì – le ho risposto arrossendo.

– Bene. Adesso vorrei chiudere gli occhi. Ho la vista un po' appannata.

– Allora abbasso le tapparelle – ha detto Letizia.

Poi ha indossato una vestaglia rossa, mi ha presa sottobraccio e ha cominciato a passeggiare con me nel corridoio.

– Tua madre mi ha parlato molto di te, di tuo padre e di tuo fratello. Siete fortunati ad avere una famiglia così unita. Stai tranquilla, Valentina, tra pochi giorni sarete di nuovo insieme.

– E tu vieni a trovarci, mi raccomando.

– Contaci, piccola. Letizia sente sempre dove sarà accolta bene.

Mentre tornavamo a casa, pensavo che era bello poter riabbracciare la mamma e vedere coi miei occhi che stava bene!

LE FEMMINE, I MASCHI...

– Eccomi qua! – ha esclamato zia Elsa entrando in casa all'ora di cena. Indossava ancora l'abito da viaggio e doveva essere arrivata direttamente dall'aeroporto.

– Ho lasciato Paride a disfare le valigie e sono venuta subito a trovarvi. Mi dispiace di non essere arrivata prima. Però vedo che la casa è intatta, il lampadario è al suo posto e la cucina non ha preso fuoco.

– Zia Elsa, non siamo dei selvaggi! – ho detto ridendo.

– Mah, quando manca una donna in casa tutti si lasciano andare, lo so.

– Con noi non è successo – le ha detto mio padre. – È vero che io non ho fatto un granché e che a molte cose ha pensato Valentina...

– Valentina, voglio adottarti! – ha esclamato la zia.

– Che cosa?

– Vieni a stare con me. Ti andrebbe?

– Lei appartiene alla nostra famiglia e di qui non se ne va – ha borbottato Luca, guardando zia Elsa di traverso.

Lei ha scrollato la testa e ha sospirato:
– Che stanchezza! Stasera non ce la faccio a fare niente. Ma domani verrò da voi verso le otto e mezzo.

– A quell'ora io sarò al lavoro e i bambini saranno a scuola – le ha fatto notare mio padre. – Ci sarà solo la gatta.

– Ma lei non sa aprire la porta. Perciò dovete darmi le chiavi di casa.

– Ti do le mie – le ho detto. – Io tornerò da scuola alle due. Ci sarai ancora?

– Naturalmente. Darò una bella pulita a tutto e cucinerò qualcosa al forno.

– Finalmente! – ha esclamato mio fratello. – Finora abbiamo mangiato roba surgelata, e la pasta si incollava alla bocca.

– Non esagerare adesso! – gli ho detto. – La mia pasta era buona, e l'hai sempre mangiata fino all'ultima forchettata.

– Solamente perché avevo fame.

– Stop!– gli ha detto zia Elsa. – Adesso ci penso io. E non essere ingrato verso tua sorella. Al suo posto, e alla sua età, chissà cosa avrei fatto io. E poi, voi uomini avete sempre di che lamentarvi. Datevi da fare, piuttosto. Uomini e donne sono uguali da un bel pezzo!

Luca l'ha guardata senza capire e zia Elsa gli ha spiegato: – Non è mai troppo presto per imparare che uomini e donne devono aiutarsi a vicenda. Meno male che sei nato in una famiglia decente. Ti va la pasta al forno, domani?

– Sì, ma voglio che ci metti anche le polpettine di carne.

– So io che cosa devo metterci. Non vorrai insegnarmi come si cucina, spero!

Quando zia Elsa è andata via, Luca mi ha detto: – Zia Elsa è un po' matta...

– È la zia migliore che conosco.

– Per forza, vuole bene solo a te. E solo perché sei una femmina, l'ho capito.

– Luca... non dire sciocchezze.

– È così, è così, lo so. Forse era meglio se non veniva. Anzi, domani io vado a mangiare da Eleonora. Lei sì che mi vuole bene.

– Solo perché ti fa tanti regali? Dimmi un po': ti piacerebbe essere suo figlio?

Alla mia domanda, Luca ha aperto la bocca ma è rimasto in silenzio. Infine ha detto: – Non dire sciocchezze tu, adesso. Quando torna la mamma?

– Domenica. O forse lunedì.

RIVOLUZIONE IN CASA

Oggi a scuola la preside ha voluto vedere me e Tazio, insieme.

– Ditemi come sono andate esattamente le cose – ha cominciato. – Non siete tipi da dare grattacapi, voi due. Vi conosco bene, e conosco bene anche le vostre famiglie.

Io le ho raccontato come si erano guastati i miei rapporti con il professore di matematica.

– È andata proprio così? – mi ha chiesto la preside alla fine.

– È andata proprio come le ho detto. I miei compagni possono testimoniarlo.

– Bene. Ho sentito la vostra campana. Domani sentirò quella del professor Sonnino. Ora potete andare.

Durante l'intervallo, Ottilia mi ha chiesto come si era svolto il colloquio con la preside, e alla fine ha osservato: – Sarebbe davvero brava se riuscisse a convincere il prof di matematica a essere un po' più educato e a prendersela un po' meno con noi. Ma certe persone, a una certa età, forse non puoi più cambiarle.

Io non sono affatto d'accordo con Ottilia. Penso che se una persona ha la testa e decide di usarla, può cambiare sempre, anche a settanta o a ottant'anni.

Sono arrivata sul pianerottolo di casa cantando, ho suonato e zia Elsa, senza aprire, ha chiesto: – Chi è?

– Sono io.

– Io chi?

– Valentina, zia. Hai voglia di giocare?

Zia Elsa ha aperto e mi ha detto: – Dovreste far inserire uno spioncino nella porta. Con i brutti ceffi che ci sono in giro non si è mai troppo sicuri.

– Zia, non riconosci la mia voce?

– Qualcuno potrebbe contraffarla. Entra, entra. Ho lavorato tutta la mattina.

– Non c'era bisogno che...

Ma non sono riuscita a proseguire, perché mi è mancato il fiato. Quando mi sono ripresa, ho balbettato: – Zia... che cos'è successo?

– Sei sorpresa?

Zia Elsa aveva cambiato la disposizione dei mobili in cucina: dal frigorifero al televisore, dal tavolo alla credenza. Ma anche nel soggiorno aveva spostato il divano e le poltrone e disposto in modo diverso i quadri alle pareti.

– Ho pensato di rinnovare un pochino l'arredamento. Così quando tua madre torna, vedrà che anche la casa si è fatta più bella per accoglierla.

– Ma era bella anche prima, zia. Anzi, forse la mamma la preferisce com'era.

– Io invece sono certa che l'apprezzerà com'è adesso. Fidati, ho naso per certe cose.

Anche Luca è rimasto a bocca aperta quando ha messo piede in casa.

– Sono venuti i ladri? – ha chiesto.

– Certo che no, è merito della fantasia e del gusto moderno di tua zia.

– Non mi piace. Il frigorifero lo voglio dov'era prima. E anche il televisore, e anche il divano...

Zia Elsa ha fatto il broncio e ha detto:
– Ecco qua, sapete solo criticare. Anche tu, Valentina... pensavo che avessimo più cose in comune.

– Zia, io non ho detto... insomma, anche

a me piace cambiare, davvero. Comunque vediamo che impressione fa alla mamma, d'accordo?

– Sono certa che Maria sarà soddisfatta.

Mio padre non ha detto niente, ma si è sbagliato più volte mentre cercava nel frigo qualcosa che era nella credenza. La pasta al forno di zia Elsa, comunque, ha avuto un grande successo. Luca se n'è sbafato un piatto stracolmo, e penso che alla fine abbia perdonato un po' alla zia le giravolte che avevano subito mobili e sedie, frigorifero e quadri.

UN POMERIGGIO CON TAZIO

Erano le due quando è arrivata la telefonata di Tazio.

– Che stai facendo? – mi ha chiesto.

– Mi sto annoiando.

– In questi giorni ti sei stancata molto.

– Puoi dirlo forte! Sono a pezzi.

– Hai voglia di venire con me da qualche parte?

– E dove?

– Al parco, per esempio.

Prima di rispondergli ho dato un'occhiata fuori: c'era un bel sole.

– Va bene – ho detto.

– Sarò da te tra mezz'ora.

– Ti aspetto.

Mio padre mi ha detto: – Fai bene a uscire e a divertirti. Questi giorni sono stati duri per tutti.

Luca però ha mugugnato: – La mamma è in ospedale e lei non può uscire per andare a divertirsi.

– Tua sorella ha il diritto di distrarsi – gli ha detto mio padre. – Vuoi che andiamo anche noi a fare un giro?

– Solo se mi lasci portare la bici.

– Andiamo a prenderla in cantina.

Mi sono messa un paio di jeans puliti, una maglietta e la collanina che Tazio mi ha regalato per il mio compleanno. Poi, anziché aspettare che suonasse il citofono, sono scesa ad aspettarlo davanti al portone.

– Ciao – mi ha detto Tazio arrivando. – Sei soprappensiero?

– Stavo pensando a come ragionano i bambini.

– E come ragionano?

– Te lo dico dopo.

Il pullman ci ha lasciati davanti al parco.

Ci siamo messi a camminare lungo i vialetti tenendoci per mano, e a un certo punto ho detto a Tazio: – Ho voglia di passeggiare lungo il fiume.

Il Po scivolava tranquillo e scintillava sotto il sole.

Le barche dondolavano piano, legate ai pali dei vari approdi. Sulle panchine erano seduti nonni e nipoti, madri e figli, ragazzi e ragazze. C'era chi mangiava il gelato e chi sgranocchiava patatine.

Ma c'era anche chi dava da mangiare ai germani reali, alle anatre e ai colombi.

Come una vecchietta che, mentre dava del mais ai colombi, ripeteva: – Mangiate piccolini, mangiate.

I colombi che le svolazzavano intorno pesavano almeno due chili e forse non ce l'avrebbero fatta a rialzarsi in volo dopo quel pasto abbondante.

– State attenti a non calpestare il mangime – ci ha raccomandato la donna.

Mi sono seduta accanto a lei e le ho detto: – Scommetto che viene qui tutti i giorni.

– Hai indovinato. Questi sono i momenti più belli della mia giornata. Ormai mi conoscono e li trovo ad aspettarmi ogni pomeriggio alle tre.

– Le piace tanto dar loro da mangiare?

– Sì, perché mi sento utile e amata. E alla mia età non è poco. Ehi tu, non fare il prepotente! Ce n'è per tutti. Dove state andando di bello?

– Siamo venuti a passeggiare.

– Allora continuate pure. Io ho quasi finito e tra un po' me ne torno a casa.

– Mangiate piccolini, mangiate.

– Posso chiederle come si chiama?

– Margherita. E voi?

– Io sono Valentina e lui è Tazio.

– Siete fratello e sorella?

– No, siamo amici.

– Bello, bello...

Stavo per domandarle perché, ma Tazio mi ha afferrato una mano e mi ha trascinata verso l'interno del parco.

– Grazie per avermi invitata a uscire con te – gli ho detto.

Tazio ha intrecciato le sue dita con le mie:
– Sei molto pallida in questi giorni. Vieni, andiamo a sederci su quella panchina.

La panchina era al centro di un prato, e si riusciva a prendere tutto il sole tiepido della fine di febbraio.

Ah, com'era bello chiudere gli occhi e sapere che Tazio era al mio fianco!

Quando li ho riaperti, ho visto che mi stava guardando.

– Perché mi guardi? – gli ho chiesto.

– Perché sei carina. Ecco perché.

– Lo pensi davvero?

– Io a te non dico mai bugie.

– Tu non sei come gli altri ragazzi.

– E come sono gli altri ragazzi?

– Un po' sbruffoni. E se ne infischiano delle ragazze.

– Io sono come sono.

– È per questo che mi piaci. Ti va di venire a cena da noi la prossima settimana?

– Ci sto.

– Che cosa ti piace mangiare?

Ma prima che mi rispondesse, gli ho detto: – Anzi, non dirmelo. Vediamo se riesco a indovinare.

– E se non indovini?

– Mangerai lo stesso quello che io e la mamma metteremo in tavola.

Quando Tazio si è chinato per darmi un bacio, una donna che passava davanti a noi con un bambino piccolo ha esclamato un po' contrariata: – Mah! –. Io però non ci ho badato e mi sono goduta la sensazione delle labbra di Tazio sulla mia guancia.

RITORNO A CASA

Finalmente domenica!

Verso le dieci ha chiamato mia madre. Ho preso io la telefonata e ho quasi fatto un salto quando mi ha detto: – Valentina, di' al papà di venire a prendermi.

Luca è voluto venire con noi, e così a casa è rimasta solo zia Elsa.

Mia madre era già vestita e ci aspettava davanti alla sua stanza.

Anche Letizia era pronta per uscire.

– Come andrai a casa? – le ho chiesto.

– Penso che per questa volta prenderò un taxi. Una volta tanto si può fare!

– Non è necessario – ha detto mio padre. – Nell'auto ci stiamo anche in cinque. Mi dica dove devo portarla.

Io avrei voluto tornare subito a casa, ma ero contenta di poter dare un passaggio a Letizia. Aveva fatto buona compagnia a mia madre e ormai era diventata un'amica di famiglia.

– Beati voi! – ha sospirato mentre l'auto si staccava dal marciapiede davanti all'ospedale. – Io non ho nessuno ad aspettarmi.

– Ci sentiamo presto – le ha detto mia madre. – Così combiniamo di incontrarci. Qualche volta ti invito anche a pranzo. Che ne dici?

– Sarebbe un bel regalo, per una vecchietta come me.

– Letizia, non ti riconosco più – le ho detto. – Quando venivo a trovare la mamma in ospedale, eri molto più allegra.

– Hai ragione, Valentina. Ma quando sai che stai per tornare a vivere da sola, beh, è molto diverso. Comunque basta, non voglio rattristarvi con i miei lamenti.

Mio padre ha portato la valigia di Letizia fino in casa, e quando è tornato ha detto: – Quell'appartamento ha bisogno di una ripulita. Vedremo di darle una mano. Io sono ancora capace di imbiancare una stanza.

A quelle parole, ho dato un bacio a mio padre e gli ho detto: – Sei il migliore papà del mondo.

– Valentina, non esageriamo!

– Maria!
– Elsa!
– Finalmente a casa! Non vedi niente di nuovo intorno a te?

Mia madre si è guardata intorno e ha notato subito i cambiamenti apportati da zia Elsa nella disposizione dei mobili. Prima ha guardato la faccia imbronciata di Luca, poi la perplessità che si era disegnata sulla mia e l'indifferenza scolpita su quella di papà. Infine ha guardato la faccia soddisfatta di zia Elsa e ha detto: – C'è aria di grande novità da queste parti!

– Puoi dirlo forte. Adesso riprendi possesso della tua casa. Tra un'ora si pranza.

Ho accompagnato mia madre nella sua camera e le ho detto: – Hai fatto bene a non mortificare zia Elsa. Però io voglio che tutte le cose ritornino dov'erano prima.

– Ce le rimetteremo una alla volta – mi ha risposto. – Così tua zia non se ne accorgerà nemmeno.

– Sono così felice che tu sia di nuovo con noi, mamma!

– Lo sono anch'io, Valentina. Ti sei stancata molto, vero?

– Insomma...

– Vieni, voglio abbracciarti.

Mi sono seduta sul letto accanto a lei e mi sono lasciata coccolare come una bambina piccola. Mi ero sentita grande, mentre lei non c'era. E mi era anche piaciuto vedere che riuscivo a fare delle cose difficili. Ma adesso ero contenta di comportarmi di nuovo da figlia e non da madre, da ragazzina e non da donna. In quel momento è entrato Luca ed è rimasto in silenzio a guardarci. Poi si è messo le mani in tasca e ha borbottato: – E me? Non mi abbracci?

– Vieni a sederti vicino a noi – ha detto mia madre – così ci coccoliamo un po'.

Mancava solo papà. Ma ero certa che più tardi lui e la mamma si sarebbero riservati un momento per farsi un po' di carezze e per dirsi tutte le parole che non si erano detti da quando mia madre era uscita di casa per andare in ospedale.

– Il pranzo è pronto! – ha gridato zia Elsa dalla cucina.

A tavola, tutti si sono lasciati prendere dall'allegria e non la smettevano più di chiacchierare e di ridere. Io, invece, sono rimasta zitta. Ma ero felice di vedere intorno a me quella esplosione di gioia dopo una settimana piena di preoccupazioni.

UNA CENA SPECIALE

– **Abbiamo deciso** di invitarti mercoledì sera. Ti va bene? – ho chiesto oggi a Tazio.

– Sì. I miei non ci sono: sono andati a fare un viaggio e io dormirò dalla nonna.

A scuola Ottilia mi ha detto: – Tutto come prima, allora.
– Tutto come prima.
– Posso venire a fare i compiti da te oggi pomeriggio?
– Sì. Non ho più biancheria da lavare, né panni da stendere. Che cosa vuoi studiare?
– Storia e geografia. Il mondo sta cambiando in fretta, non ti pare? Cambiano le capitali, nascono nuovi stati, e le alluvioni e i terremoti stanno trasformando la faccia della terra. I terremoti... come li odio! Dev'essere terribile sentirsi ballare la terra sotto i piedi. Credo che morirei di paura, se mai mi dovesse succedere. Basta, parliamo d'altro.

Mercoledì è arrivato in fretta e alle sette e mezzo di sera Tazio ha bussato alla nostra porta. Sono andata ad aprirgli io e mi sono stupita nel vedergli in mano un coloratissimo mazzo di fiori.
– Sono per me?
– Veramente no. Sono per tua madre.

– Ah! Ne sarà davvero contenta.

E infatti mia madre, quando Tazio le ha dato il mazzo di fiori, ha esclamato: – Sono bellissimi! Ed è stato un pensiero molto gentile. Vieni, accomodati nel soggiorno. Valentina, fai gli onori di casa.

Gli onori di casa! Proprio come se Tazio fosse un uomo. Però, quando l'ho osservato bene, ho notato che c'era qualcosa di strano in lui. E gli ho chiesto: – Ma come ti sei vestito?

– È mia nonna che ha insistito...

Tazio indossava giacca e pantaloni, camicia, cravatta e scarpe a punta!

– Non vai mica a sposarti! – gli ho detto ridendo.

– Ti sembro tanto ridicolo?

– No, è che quasi non ti riconosco. Però sei carino. Quasi quasi ti faccio una foto per ricordo. Hai perfino la cravatta!

– Adesso me la tolgo e me la metto in tasca.

– No, non farlo. A mio padre piacerà molto. Lui è un patito delle cravatte. Però, nonostante ne abbia una ventina, non ne mette mai neanche una.

A tavola, mia madre ha fatto molte domande a Tazio. E poi ha detto: – Valentina mi ha raccontato della vostra disavventura con il professore di matematica.

– Ah, quello lì...

– Perché lo hai fatto?

Tazio è diventato rosso e ha balbettato: – Perché... perché non sopporto che vengano fatte delle ingiustizie.

– Mi piacerebbe conoscere anche i tuoi genitori.

– Sarà difficile, signora. Sono sempre pieni di impegni e non sono quasi mai in casa. Li vedo molto di rado.

– E non ti dispiace?

– Sì. Ma tanto non posso farci niente. Sto crescendo più con mia nonna che con loro.

Tazio si è fatto amico anche mio fratello. Dopo cena, infatti, gli ha regalato un centinaio di figurine. Luca è rimasto sbalordito e Tazio gli ha detto: – Fanno parte della mia collezione. Ma adesso non ho più voglia di occuparmene. Se ti piacciono, te ne posso dare delle altre.

La serata si è conclusa con un'ottima torta. Mia madre aveva passato tutto il pomeriggio a prepararla. Non può ancora stancarsi molto, ma ci teneva a fare bella figura con Tazio.

Mentre l'aiutavo a lavare pentole e piatti, e collocavo al loro posto forchette, cucchiai e coltelli, mia madre mi ha detto: – È un bravo ragazzo.

– Te l'avevo detto.

– Chissà se resterà così, mano a mano che cresce.

– Perché dovrebbe cambiare?

– Perché a volte succede, col passare degli anni.

– Non sempre.

E, dentro di me, ho davvero sperato che un giorno non si trasformi in un uomo prepotente come il professore di matematica.

A CASA DEI NONNI

– Allora, Valentina, ti aspettiamo?

– Certo, nonno! Il papà dice che potremmo arrivare dopo le nove.

– E quando verrebbe a riprenderti?

– Domenica sera, prima di cena.

– Bene, così potrai stare con noi quasi due giornate intere. A sabato mattina!

– A sabato mattina, nonno.

Ho riattaccato e mia madre mi ha chiesto: – Sei contenta?

– Contentissima!

E lo sono veramente. Due giorni in campagna, con la primavera ormai alle porte e la possibilità di andarmene a passeggiare nel bosco. A pensarci bene, ho poche occasioni per stare davvero sola con me stessa. Come ci si sente?

Credo proprio che lo sperimenterò dai nonni questo fine settimana. Voglio che siano due giorni davvero speciali!

Sono salita in auto con mio padre e siamo partiti. Un'ora dopo eravamo già lì.

– Bene arrivata, Valentina.

– Ciao, nonna.

– Io devo ripartire subito – ha detto mio padre posando il mio zaino in cucina.

– Ciao, papà. Ci vediamo domani sera.

La nonna mi ha accompagnata al piano di sopra e mi ha mostrato la mia camera.

La stanza era ampia, il letto enorme e i mobili vecchiotti. Alla finestra c'erano delle tendine ricamate e, scostandone una, ho visto i prati fioriti e il bosco in lontananza.

– Si annuncia un bel marzo – ha detto la nonna. – Speriamo che duri. Sistema la tua roba e poi fai quello che ti pare. Non sei venuta qui per occuparti di due vecchietti!

La nonna è andata via e io ho rovesciato il contenuto del mio zaino sul letto. Ero certa che in due giorni i miei vestiti avrebbero assorbito il profumo dei cassetti del vecchio comò e che lo avrebbero conservato a lungo dopo il mio ritorno a Torino.

A CACCIA
DI RICORDI

Nel corso del pomeriggio ho chiesto alla nonna: – Posso dare un'occhiata in soffitta?

– Fai pure. Sono anni che non ci mette piede nessuno. Sarà piena di polvere – mi ha risposto. – Ecco la chiave.

Era massiccia come quella di un castello. Non ne avevo mai avuta tra le mani una simile. E quando, verso le cinque, l'ho infilata nel buco della serratura, ho fatto uno sforzo enorme per girarla.

Una volta dentro la soffitta, mi sono chiusa la porta alle spalle e ho trattenuto il fiato.

Il locale nel quale mi trovavo aveva il soffitto basso e non era molto grande. La luce entrava da una finestrella che era come un occhio puntato sul bosco. E nella penombra ho notato una vecchia cassettiera, due bauli e una poltrona dalla stoffa logora.

«E se ci fossero i topi?» ho pensato.

Ho teso le orecchie, ma non ho sentito alcun rumore.

C'erano invece molte ragnatele. Ottilia sarebbe scappata immediatamente! Non dimenticherò mai come si era spaventata sul ponte di Lucerna, quando aveva avuto l'impressione che un ragno si fosse infilato tra i suoi capelli!

A me i ragni non fanno paura. E in soffitta ho fatto attenzione a non distruggere le ragnatele. Chissà da quanto tempo erano lì!

Prima di cominciare la mia esplorazione, ho deciso di aprire la finestra. Nella soffitta sono entrati degli sbuffi di aria fredda e sono rabbrividita. Poi ho sollevato con cautela i coperchi dei bauli.

Entrambi contenevano vecchi abiti del nonno e della nonna. Inoltre, in uno c'era un'uniforme da soldato, nell'altro un abito da sposa. Ma c'erano anche indumenti di lana tarlati, calze e scarpe con le suole consumate, camicie ingiallite dal tempo.

Ho chiuso i bauli e mi sono avvicinata al mobile. Aveva tre cassetti, e due di essi contenevano altri abiti.

Nel terzo, invece, c'era un'accozzaglia di oggetti: portagioie, collane, cofanetti di legno intarsiato...

Ed è stato aprendo uno di questi cofanetti che ho fatto una scoperta inattesa...

Dentro c'erano delle foto e alcune lettere.

Le foto erano dei nonni. In una c'era il nonno vestito da soldato, in un'altra c'erano tutti e due il giorno in cui si erano sposati, in un'altra ancora la nonna con un bambino che non poteva essere altri che mio padre.

Ho guardato la foto da vicino e mi è sembrato incredibile che non fosse quasi cambiato. Lo sguardo era lo stesso e i lineamenti erano identici. Perfino il naso era uguale.

E poi c'erano le lettere.

Avevo il diritto di leggerle? La nonna mi aveva detto che ero libera di vedere e di toccare tutto... e io l'ho presa in parola.

Ho stretto il cofanetto sotto il braccio e me ne sono andata nella mia camera.

Avevo un paio d'ore a disposizione prima di cena.

LE LETTERE DEL NONNO

Erano lettere che il nonno aveva scritto in Russia, durante la seconda guerra mondiale. Che strana calligrafia aveva da giovane! Sembrava che avesse scritto con un pennino dalla punta scheggiata. Ma forse era solo nervoso mentre scriveva. Oppure aveva le dita intorpidite dal gelo.

Carissima,
ce la farai ad aspettarmi? Avrai la forza di credere che tornerò? Se ti raccontassi quanto poco conta la mia vita forse ti metteresti il cuore in pace. Non so nem-

meno se stasera dormirò nel mio letto o se prima del tramonto finirò in un ospedale da campo.

Vorrei non rattristarti. Ma se non racconto a te quello che mi succede, con chi posso farlo?

Mia cara,
non ho mai visto inverni freddi come questi. Da bambino mi piaceva la neve e la stringevo tra le dita fino a sentirle intorpidire. Era una specie di prova.

Ma qui la neve è una distesa infinita che brucia gli occhi e dà le vertigini. I piedi rischiano ogni momento di congelarsi e se provi a sederti hai l'impressione che non riuscirai più a rialzarti.

Carissima,
com'è la primavera lì da voi? Hai già indossato i vestiti leggeri? Un giorno, metti quello con le rose. Così mi sembrerà di vederti e di averti più vicina.

Sapessi quanto mi manchi! Una carezza mi basterebbe per una settimana. E intanto provo a ricordare la tua mano che scivola tra i miei capelli, mentre mi dici: «Nessuno riuscirà a separarci»...

Invece ci ha pensato la guerra.

Mia cara,
ti ho sempre detto che non credevo alle favole. Tranne che alla nostra.

Ricordi come ci punzecchiavamo nel cortile della scuola, e come ci facevano il verso all'uscita dalla chiesa?

Poi, a quindici anni, ci siamo stretti la mano come un uomo e una donna e da allora non abbiamo più smesso di stare insieme. Non è forse una favola, questa? E io non voglio che si interrompa sul più bello. Ti ho detto che tornerò e lo farò.

Te lo prometto.

Carissima,
oggi ho incontrato una donna col suo

bambino. Indossavano gli stessi stracci che indosso io.

Negli occhi di lei ho letto risentimento e offesa, in quelli del bambino solo indifferenza.

Avrei voluto dire loro che non li consideravo miei nemici. Ma non conosco la loro lingua e mi sono espresso a gesti. Non so se hanno capito.

Ma la donna mi ha fatto entrare nella sua catapecchia per riscaldarmi, e io mi sono messo a piangere come un bambino.

Amor mio,
come sarà avere un figlio? Che cosa vorrà dire crescerlo insieme? Avrei voluto parlarne a lungo con te prima di metterlo al mondo.

Ma questo mondo, in questo momento, non mi piace.

Al mio ritorno (ma ritornerò?) spero di trovarlo cambiato.

Arrivederci, mia cara.

«Mia cara, ti prometto che tornerò.»

CHE FATICA CRESCERE!

Il nonno era tornato, lui e la nonna avevano avuto un figlio, lo avevano chiamato Stefano ed era diventato mio padre.

Chissà se la nonna si ricordava ancora di quelle lettere! Chissà se il nonno aveva dimenticato la guerra!

A me non ne aveva mai parlato. Ma un giorno avrei voluto che lo facesse. Anche il dolore, come la gioia, ha un significato, no?

Prima di andare a letto ho telefonato a casa. Sentivo un po' di nostalgia.

– Ciao, mamma.

– Ciao, Valentina.

– Ti fa male la ferita?

– Macché, sto benissimo. E tu?

– Ho passato una bella giornata. Però vorrei che tu, papà e Luca foste qui con me.

– Anch'io sento la tua mancanza, Valentina. Avrei voglia di abbracciarti stretta.

– Anch'io, mamma. Davvero!

– Volevo dirti che sono molto orgogliosa di te: mentre ero in ospedale ti sei comportata proprio da grande. Non farti strane idee, però. Per me, sei sempre la mia bambina.

– Ma è veramente così faticoso crescere, mamma?

– Temo proprio di sì.

– Tu mi aiuterai se sarò in difficoltà?

– Certo, Valentina. Proprio come tu hai fatto con me.

– Ti voglio bene, mamma. E Luca e papà come stanno?

– Luca dorme da un pezzo. Tuo padre sta guardando la televisione. Ma non ne avrà per molto. È già mezzo addormentato.

– È ridicolo addormentarsi davanti alla televisione.

– E tu, quando vai a letto?

– Tra poco. Buonanotte, mamma.

– Buonanotte, tesoro.

Ho riattaccato e ho pensato di chiamare Ottilia. Ma erano le dieci e mezzo, e forse stava già dormendo. Comunque ho deciso di provarci. Al terzo squillo sono stata sul punto di abbassare la cornetta. Ma una voce squillante ha detto: – Pronto? Aspetta, non dirmi chi sei. Sei tu?

– Sono io.

– Ciao, Valentina.

– Ciao, Ottilia.

– Ti piace la campagna?

– C'è tanto silenzio e tanta solitudine qui intorno.

– Allora ti starai annoiando terribilmente.

– Niente affatto: si sta benissimo! Ti ho telefonato solo perché volevo darti la buonanotte. Adesso riattacco. Ho una grande stanchezza addosso. Forse sono gli effetti della mia settimana di fuoco.

– Grazie per avermi telefonato. Buonanotte, Valentina, sogni d'oro.

– Sogni d'oro anche a te!

Ottilia è ogni giorno più preziosa. Dev'essere davvero triste non avere un'amica. Una vera amica, voglio dire.

Prima di coricarmi ho spalancato la finestra e ho guardato il cielo. Non c'era una nuvola e le stelle ammiccavano: sembravano occupate a chiacchierare tra loro.

Ho pensato che non è male, ogni tanto, stare da soli. Sai che gli altri ci sono, ma per un'ora, un giorno, una settimana, decidi di separarti da loro. E pensi a te, rifletti su come sei e su come vorresti essere. Proprio come stavo facendo io in quel momento.

Ho salutato le stelle, ho dato un'occhiata al bosco, poi ho chiuso la finestra e sono andata a letto.

LA NONNA RACCONTA

– Valentina, la colazione è pronta!

La voce di mia nonna si è fatta strada piano piano nella mia testa. Quando ho aperto gli occhi, la stanza era invasa dal sole.

– Lasciala dormire – ha detto mio nonno.
– In fondo è in vacanza, no?

– Scendo, scendo! – ho gridato.

E sono balzata dal letto. Volevo sfruttare bene la mia domenica e sono andata in bagno quasi di corsa.

– Eccomi qua – ho detto saltando gli ultimi tre scalini della scala di legno.

– Ciao, carissima – ha detto il nonno.

E quel «carissima» mi ha riportato alla mente, di colpo, le sue lettere alla nonna.

– Spero che tu abbia fame – mi ha detto la nonna.

Ho baciato prima lei, poi il nonno e sono andata a sedermi davanti alla tavola imbandita. Ho guardato le marmellate, i biscotti, il pane, i succhi di frutta e il latte, e ho esclamato: – Pancia mia, fatti capanna!

– Conosci anche tu quel detto?

– Sì, me l'ha insegnato il maestro l'anno scorso a scuola.

– Pensavo che i ragazzi d'oggi parlassero in modo completamente diverso dal nostro.

– Dipende con chi ti trovi, nonna.
– Tu sei una ragazzina moderna?
– Io vivo e mi comporto come le mie compagne, nonna. Vado a scuola, mi vesto senza tanti fronzoli, leggo libri, ascolto musica, vado in piscina, uso il computer e così via.
– Allora devi essere moderna. Io alla tua età andavo solo a scuola, e basta. E da bambina mi vestivo già come una donna. Altro che jeans. Ma non ti stanno stretti?
– No, sono pratici e comodi.
– Secondo me dovresti mettere una gonna o un vestito, ogni tanto.
– Lo farò appena comincia a fare più caldo.
– Hai trovato qualcosa di interessante in soffitta?

Alla domanda della nonna non ho risposto subito. Ma dopo aver ingoiato un cucchiaio di confettura di albicocche, ho detto: – C'erano vecchi abiti...
– Hai trovato anche delle lettere?
– Sì...
– E le hai lette Valentina?

– Sì. Mi dispiace... forse non dovevo...

– Hai fatto benissimo. Così adesso ne sai di più sulla storia di questi due vecchietti.

Mio nonno era uscito, altrimenti sono certa che avrebbe detto: «Parla per te. Io sono ancora un giovanotto!».

– Sono lettere molto belle, nonna.

– Tuo nonno ha frequentato poco la scuola. Ma quando uno scrive col cuore...

– Com'era quando è tornato?

– Ridotto pelle e ossa. Ma l'ho curato bene, anche se i tempi erano difficili. Però credo che abbiano funzionato soprattutto le mie carezze e i miei baci.

– Vi siete sposati subito?

– Quasi subito.

– E papà quando è nato?

– Esattamente nove mesi dopo. Insomma, lo abbiamo concepito durante la prima notte di nozze.

– E poi, dopo un po' di anni, mio padre ha sposato mia madre...

– E siete nati tu e tuo fratello. E poi tu ti sposerai a tua volta e...

– Piano, piano, nonna...

– Ma sì, c'è un tempo per tutte le cose. Sei ancora una bambina. Che cosa hai intenzione di fare oggi?

– Vorrei andare a fare una passeggiata nel bosco qui vicino.

– Ottima idea. Gli alberi sono già fioriti e il sottobosco sarà una meraviglia.

INDIETRO NEL TEMPO?

– Sazia? – mi ha chiesto il nonno quando ho finito di far colazione.

– Dopo tutto quello che ho mangiato, posso saltare tranquillamente il pranzo.

– Dove pensi di andare?

– Nel bosco.

– Buona passeggiata, allora.

Prima di arrivare al bosco ho attraversato

un grande prato. Erano fioriti i ranuncoli, le primule e i nontiscordardimé. Ne ho raccolti un po', ne ho fatto un mazzettino e l'ho stretto con un filo d'erba. Lo avrei regalato alla nonna al mio ritorno.

Si stava davvero bene nel bosco. Il sentiero che lo attraversava a zigzag sembrava non finire mai. A ogni passo che facevo, pareva dirmi: «Ancora un passo, Valentina. Ancora un altro».

E passo dopo passo, mi sono inoltrata per più di un chilometro.

Fino a quando il bosco è diventato così fitto che i raggi del sole non riuscivano a passare tra le fronde.

Poi, all'improvviso, è calato il silenzio. Le foglie non si muovevano e non sentivo più il rumore del ruscello che mi aveva accompagnato fino a quel momento.

L'aria si è riempita di umidità, e la fronte, il viso, le braccia, le mani mi si sono imperlati di sudore. Mi sembrava di soffocare e gli occhi si sono appannati. Tanto che ho pensato: «È meglio che mi fermi. Mi sembra di stare per svenire».

Sono andata a sedermi ai piedi di un albero e ho chiuso gli occhi. Devo essermi addormentata per qualche minuto e quando mi sono svegliata, non riuscivo a raccapezzarmi.

Dov'ero? Chi mi aveva portato in quel posto?

Ma prima di trovare una risposta alle mie domande, ho sentito un rumore di passi e ho guardato il punto in cui il sentiero faceva una curva.

Sono apparse tre persone. Una donna con i capelli raccolti a crocchia e un vestito da sposa, un uomo con una divisa da soldato e, in mezzo a loro, tenuto per mano, un bambino con i pantaloni corti e un ciuffo sugli occhi.

I tre camminavano come se stessero facendo una passeggiata nel bosco e avevano un'espressione serena.

«Nonno... nonna... papà!» sono stata sul punto di gridare nella loro direzione.

Però la voce mi è mancata e non ho avuto nemmeno la forza di alzare una mano per richiamare su di me la loro attenzione. Credo che comunque non se ne sarebbero accorti.

Ai loro occhi dovevo essere invisibile. Infatti mi sono passati accanto senza degnarmi di uno sguardo.

Ma prima di sparire tra gli alberi, il bimbo si è voltato e mi ha sorriso.

Il bosco si stava rianimando, le foglie frusciavano al vento, gli uccelli cinguettavano tra i rami e udivo di nuovo il rumore del ruscello alla mia destra.

Mi sono alzata e, tremando un poco, sono tornata dai nonni.

Mentre andavamo a casa, mio padre mi ha detto: – Ti vedo preoccupata, Valentina. È successo qualcosa?

Ma anziché rispondere alla sua domanda, gli ho chiesto: – Pensi che si possa tornare indietro nel tempo, papà?

– Con la memoria, i ricordi, certo.

– Io dico con tutto il corpo.

– Non credo proprio, Valentina.

– Forse, in certe occasioni speciali...

Mio padre mi ha guardata, mi ha sorriso e mi ha fatto una carezza sui capelli.

Allora gli ho chiesto: – Tu com'eri da bambino, papà?

– Uno come tanti – mi ha risposto.

– In certe cose non sei cambiato affatto. Per esempio, sorridi ancora allo stesso modo.

– Come fai a dirlo?

– Lo so.

Valentina e Alice

Arrivederci
alla prossima
avventura!

INDICE

È tornata la neve 9
Chi è più geloso? 12
Una distesa bianca 16
La nonna fa una proposta 22
Una brutta esperienza 26
Brrr, che freddo!
   Che cosa farai da grande? 30
L'avventura di un passero 33
Undici anni!
   La primavera è in arrivo 39
Irene la fuggiasca 42
Festa di compleanno 46
Di che cosa è fatta la felicità? 50
Ciao, bambini! 54
Gran silenzio in casa 58
Letizia non è sempre sola 63
Un piccolo incidente per Luca 68
Lettere, note e luoghi comuni 71
Imparare a stirare.
   Strani pensieri nella testa 76

È tardi, tardissimo! 81
Valentina Castelli... sospesa!. 84
La vita, le persone... 90
Grazie, dottor Quinn! 93
Le femmine, i maschi... 100
Rivoluzione in casa 103
Un pomeriggio con Tazio 107
Ritorno a casa 114
Una cena speciale 118
A casa dei nonni 123
A caccia di ricordi 125
Le lettere del nonno 128
Che fatica crescere! 133
La nonna racconta 136
Indietro nel tempo? 140

I LIBRI DI VALENTINA

V come Valentina
La vita quotidiana di
Valentina: l'amica del cuore,
il ragazzo che le piace,
una gattina da salvare...

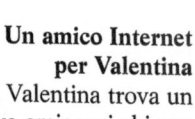

**Un amico Internet
per Valentina**
In rete, Valentina trova un
nuovo amico: si chiama
Jack ed è molto simpatico!

In viaggio con Valentina
Valentina parte per la
Cornovaglia... quante
avventure in questo
misterioso paese!

A scuola con Valentina
Valentina ha un maestro
speciale, che narra storie
meravigliose e difende
sempre i suoi alunni...

Un mistero per Valentina
Valentina va in gita
scolastica a Zurigo.
Sarà una settimana piena
di misteri da risolvere!

La cugina di Valentina
La vita di Valentina si
svolge tranquilla, ma un
giorno la sua mamma
perde la memoria...

Gli amici di Valentina
Quanti amici ha
Valentina! Ognuno con
il suo carattere e la sua
storia da raccontare...

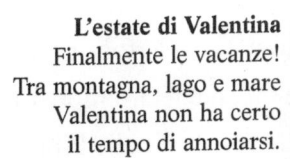

L'estate di Valentina
Finalmente le vacanze!
Tra montagna, lago e mare
Valentina non ha certo
il tempo di annoiarsi.

La famiglia di Valentina
La mamma di Valentina
deve essere operata,
e lei impara a cavarsela
da sola in casa...

Quattro gatti per Valentina
Alice, la gatta di Valentina,
sta aspettando i cuccioli
e ci sono veramente tante
cose a cui pensare...

Buon Natale, Valentina!
Il Natale si avvicina
e Valentina si dedica
ai preparativi insieme
a un'amica speciale!

Sempre nel Battello
a Vapore:

Serie Arancio
Le fatiche di Valentina
Non arrenderti, Valentina!
Cosa sogni, Valentina?

Serie Rossa
Ciao, Valentina!

CHI È ANGELO PETROSINO?

Care lettrici e cari lettori, ho pensato di parlarvi di me perché mi chiedete sempre di farlo quando vi incontro nelle scuole o nelle biblioteche. Sono sempre stato un bambino vivace e curioso. Non stavo mai in casa e mi arrampicavo sugli alberi, per guardare il mondo dall'alto. Era facile, perché abitavo in campagna. Poi un giorno ho lasciato il mio paese perché mio padre aveva trovato lavoro in Francia. Avevo dieci anni. Ho vissuto esperienze indimenticabili prima in Auvergne poi a Parigi. Tornato in Italia, ho dovuto imparare di nuovo l'italiano. Per questo oggi la lingua italiana è per me il patrimonio più prezioso: di ogni parola amo il suono, il significato, le immagini che evoca. Non pensavo che un giorno mi sarei trovato a insegnarla. All'inizio infatti ho studiato da perito chimico. Poi un giorno mi sono affacciato a un'aula di scuola ele-

Angelo a dieci anni, in Auvergne

mentare. Ero imbarazzato. «Come ci si comporta con i bambini?» mi sono chiesto. Allora ho ricordato che i momenti più belli della mia infanzia erano quando mio nonno mi raccontava storie. Così ho cominciato a leggere ai miei alunni. Da allora sono diventato "il maestro che racconta storie". Ma ho sempre ascoltato le storie, i desideri, i sogni dei bambini. Quante cose ho imparato!

Angelo Petrosino

Col tempo ho iniziato a scrivere libri in cui i protagonisti erano proprio loro.

Così è nato il personaggio di Valentina: curiosa, irrequieta, intelligente, capace di ascoltare le sue emozioni e con una gran voglia di vivere.

A proposito, mi piacerebbe sapere cosa ne pensate dei miei libri. Se volete, scrivetemi qui:

www.angelopetrosino.it

Prometto una risposta veloce e personale a tutti!

CHI È SARA NOT?

Sara Not ha ben trent'anni però disegna ancora come una bambina (e solo quando ne ha voglia). Va e viene tra Milano e Trieste e non si sa mai dov'è. Il fatto è che si fa trasportare dalla bora, vento capriccioso e freddino del nord est, anche se fa credere a tutti di viaggiare in treno.

Da due anni vive con Sissi, amica fedele, chiamata anche Mocio Vileda o Patata, una cagnolina pelosa dallo sguardo dolcissimo (se si riesce a scovarne gli occhi sotto il ciuffo). Insieme inventano, disegnano, colorano, ma è Sissi che fa il grosso del lavoro... E c'è qualcuno che dice che si vede! Ma sono malelingue.

Quando il loro mirabolante computer Mac Pino va in tilt, inforcano la vecchia bicicletta verde e sfrecciano verso il parco. Da secoli Sissi tenta di insegnare a Sara ad andare senza mani, ma è un caso senza speranza. Durante queste spericolate evolu-

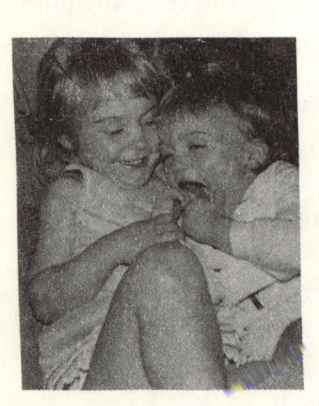

Sara a quattro anni, con la sorellina Elisa

zioni ciclistiche, la coraggiosa cagnolina, affacciata al manubrio dal suo cestino, lancia appelli disperati ai passanti. Bambini, se le vedete, non esitate a intervenire!
Tornate nella loro mansarda, leggono un bel libro, mettono su un cd, cucinano una buona cenetta e sono pronte a uscire con gli amici. Quando si annoiano, aspettano la bora che le porta al mare.

Sara Not

IL BATTELLO A VAPORE

**Serie Azzurra
a partire dai 7 anni**

1. Christine Nöstlinger, *Cara Susi, caro Paul*
2. Fernando Lalana, *Il segreto del parco incantato*
3. Roberta Grazzani, *Nonno Tano*
4. Russell E. Erickson, *Il detective Warton*
5. Ursel Scheffler, *Inkiostrik, il mostro dell'inchiostro*
6. Christine Nöstlinger, *Storie del piccolo Franz*
7. Ursula Wölfel, *Augh, Stella Cadente!*
8. María Puncel, *Un folletto a righe*
9. Mira Lobe, *Ingo e Drago*
10. Klaus-Peter Wolf, *Lili e lo sceriffo*
11. Derek Sampson, *Brontolone e il mammut peloso*
12. Christine Nöstlinger, *Un gatto non è un cuscino*
13. David A. Adler, *Il mistero della casa stregata*
14. Mira Lobe, *La nonna sul melo*
15. Paul Fournel, *Supergatto*
16. Guido Quarzo, *Chi trova un pirata trova un tesoro*
17. Hans Jürgen Press, *Le avventure della Mano Nera*
18. Irina Korschunow, *Il drago di Piero*
19. Renate Welsh, *Con Hannibal sarebbe un'altra cosa*
20. Christine Nöstlinger, *Cara nonna, la tua Susi*
21. Ursel Scheffler, *Inkiostrik, il mostro delle tasche nauseabonde*
22. Sebastiano Ruiz Mignone, *Guidone Mangiaterra e gli Sporcaccioni*
23. Mirjam Pressler, *Caterina e... tutto il resto*
24. Consuelo Armijo, *I Batauti*
25. Derek Bernardson, *Un'avventura rattastica*
26. Ursel Scheffler, *Inkiostrik, il mostro dello zainetto*
27. Terry Deary, *L'anello magico e la Fabbrica degli Scherzi*
28. Hazel Townson, *La grande festa di Victor il solitario*
29. Toby Forward, *Il settimanale fantasma*
30. Jo Pestum, *Jonas, il Vendicatore*
31. Ulf Stark, *Sai fischiare, Johanna?*
32. Dav Pilkey, *Le mitiche avventure di Capitan Mutanda*
33. Francesca Simon, *Non mangiate Cenerentola!*

IL BATTELLO A VAPORE

34. Ursel Scheffler, *Inkiostrik, il mostro del circo*
35. Russell E. Erickson, *Warton e i topi mercanti*
36. Anne Fine, *Cane o pizza?*
37. Jeremy Strong, *C'è un faraone nel mio bagno!*
38. Ursel Scheffler, *Inkiostrik, il mostro dei pirati*
39. Friedrich Scheck, *Il mistero dell'armatura scomparsa*
40. Sjoerd Kuyper, *Il coltellino di Tim*
41. Ulf Stark, *Il Club dei Cuori Solitari*
42. Sebastiano Ruiz Mignone, *La guerra degli Sporcaccioni*
43. Maria Carla Pittaluga, *Il piccolo robot*
44. Jacqueline Wilson, *Scalata in discesa*
45. Rindert Kromhout, *Peppino*
46. Ursel Scheffler, *Inkiostrik, il mostro del Luna Park*
47. Anna Vivarelli, *Mimì, che nome è?*
48. Dav Pilkey, *Capitan Mutanda contro i Gabinetti Parlanti*
49. Dav Pilkey, *Capitan Mutanda contro i malefici zombi babbei*
50. Anna Lavatelli, *Ossi di dinosauro*

Serie Azzurra ORO

1. Paula Danziger, *Ambra Chiaro non è un colore*
3. Anne Fine, *Teo vestito di rosa*
4. Paula Danziger, *Punti rossi su Ambra Chiaro*
5. Bernardo Atxaga, *Shola e i leoni*
6. Paula Danziger, *Ambra Chiaro va in quarta*
7. Ondrej Sekora, *Le avventure di Ferdi la formica*

IL BATTELLO A VAPORE

**Serie Arancio
a partire dai 9 anni**

1. Mino Milani, *Guglielmo e la moneta d'oro*
2. Christine Nöstlinger, *Diario segreto di Susi. Diario segreto di Paul*
3. Mira Lobe, *Il naso di Moritz*
4. Juan Muñoz Martín, *Fra Pierino e il suo ciuchino*
5. Eric Wilson, *Assassinio sul "Canadian-Express"*
6. Eveline Hasler, *Un sacco di nulla*
7. Hubert Monteilhet, *Di professione fantasma*
8. Carlo Collodi, *Pipì, lo scimmiottino color di rosa*
9. Alfredo Gómez Cerdá, *Apparve alla mia finestra*
10. Maria Gripe, *Ugo e Carolina*
11. Klaus-Peter Wolf, *Stefano e i dinosauri*
12. Ursula Moray Williams, *Spid, il ragno ballerino*
13. Anna Lavatelli, *Paola non è matta*
14. Terry Wardle, *Il problema più difficile del mondo*
15. Gemma Lienas, *La mia famiglia e l'angelo*
16. Angelo Petrosino, *Le fatiche di Valentina*
17. Jerome Fletcher, *La voce perduta di Alfreda*
18. Ken Whitmore, *Salta!!*
19. Dino Ticli, *Sette giorni a Piro Piro*
21. Peter Härtling, *Che fine ha fatto Grigo?*
22. Roger Collinson, *Willy e il budino di semolino*
23. Hazel Townson, *Lettere da Montemorte*
24. Chiara Rapaccini, *La vendetta di Debbora (con due "b")*
25. Christine Nöstlinger, *La vera Susi*
26. Niklas Rådström, *Robert e l'uomo invisibile*
27. Angelo Petrosino, *Non arrenderti, Valentina!*
28. Roger Collinson, *Willy acchiappafantasmi e gli extraterrestri*
29. Sebastiano Ruiz Mignone, *Il ritorno del marchese di Carabas*
30. Phyllis R. Naylor, *Qualunque cosa per salvare un cane*
33. Anna Lavatelli, *Tutti per una*
34. G. Quarzo - A. Vivarelli, *La coda degli autosauri*, Premio "Il Battello a Vapore" 1996
35. Renato Giovannoli, *Il mistero dell'Isola del Drago*

IL BATTELLO A VAPORE

36. Roy Apps, *L'estate segreta di Daniel Lyons*
37. Gail Gauthier, *La mia vita tra gli alieni*
38. Roger Collinson, *Zainetto con diamanti cercasi*
39. Angelo Petrosino, *Cosa sogni, Valentina?*
40. Sally Warner, *Anni di cane*
41. Martha Freeman, *La mia mamma è una bomba!*
42. Carol Hughes, *Jack Black e la nave dei ladri*
43. Peter Härtling, *Con Clara siamo in sei*
44. Galila Ron-Feder, *Caro Me Stesso*
45. Monika Feth, *Ra-gazza ladra*
46. Dietlof Reiche, *Freddy. Vita avventurosa di un criceto*
47. Kathleen Karr, *La lunga marcia dei tacchini*
48. Alan Temperley, *Harry e la banda delle decrepite*
49. Simone Klages, *Il mio amico Emil*
50. Renato Giovannoli, *Quando eravamo cavalieri della Tavola Rotonda*
51. Louis Sachar, *Buchi nel deserto*
52. Luigi Garlando, *La vita è una bomba!*, Premio "Il Battello a Vapore" 2000
53. Sebastiano Ruiz Mignone - Guido Quarzo, *Pirati a Rapallo*
54. Chiara Rapaccini, *Debbora va in tivvù!*
55. Henrietta Branford, *Libertà per Lupo Bianco*
56. Renato Giovannoli, *I predoni del Santo Graal* Premio "Il Battello a Vapore" 1995

Serie Arancio ORO

1. Renato Giovannoli, *I predoni del Santo Graal*, Premio "Il Battello a Vapore" 1995
3. Peter Härtling, *La mia nonna*
5. Katherine Paterson, *Un ponte per Terabithia*
6. Henrietta Branford, *Un cane al tempo degli uomini liberi*
7. Sjoerd Kuyper, *Robin e Dio*
8. Louis Sachar, *Buchi nel deserto*
9. Henrietta Branford, *Libertà per Lupo Bianco*

IL BATTELLO A VAPORE

**Piccoli Investigatori
a partire dagli 8 anni**

1. Ron Roy, *Il mistero
   dell'albergo stregato*
2. Ron Roy, *Il mistero
   della mummia scomparsa*
3. Ron Roy, *Il mistero
   del castello fantasma*
4. Ron Roy, *Il mistero
   del tesoro sommerso*
5. Ron Roy, *Il mistero
   della pietra verde*
6. Ron Roy, *Il mistero
   dell'isola invisibile*

**I Brividosi
a partire dai 9 anni**

1. P. P. Strello, *Il ritorno
   dello spaventapasseri*
2. P. P. Strello,
   Il pozzo degli spiriti
3. P. P. Strello,
   La notte delle streghe
4. P. P. Strello,
   Un magico Halloween
5. P. P. Strello,
   La casa stregata
6. P. P. Strello,
   Il pianoforte fantasma

**Il magico mondo
di Deltora
a partire dai 9 anni**

1. Emily Rodda,
   Le Foreste del Silenzio
2. Emily Rodda,
   Il Lago delle Nebbie
3. Emily Rodda,
   La Città dei Topi
4. Emily Rodda, *Il Deserto
   delle Sabbie Mobili*
5. Emily Rodda,
   La Montagna del Terrore
6. Emily Rodda,
   Il Labirinto della Bestia
7. Emily Rodda,
   La Valle degli Incantesimi
8. Emily Rodda,
   La Città delle Sette Pietre

PROVA D'ACQUISTO
IL BATTELLO A VAPORE
VALENTINA
N° 9

Questo libro non è vendibile se sprovvisto del presente tagliando.